PAROLES

« Rarement on lira un texte aussi émouvant, troublant, dérangeant, bouleversant. »

**Jean-Marc Brunier,
Le Cadran Lunaire, Mâcon**

« Isabelle Desesquelles excelle à rendre tangible la puissance, les papillonnements du bonheur, juste avant le fracas. »

**Françoise Guiseppin,
Ombres Blanches, Toulouse**

« À peine le livre refermé, on le rouvre, on y cherche ces pépites de lumière, de force, qui luisent parmi les mots de l'infinie tristesse. »

**Isabelle Collignon,
L'Émoi des Mots, Paris**

« Inclassable, obsédant et magnifique ! »

**Denis Bénévent,
Le Livre en Fête, Figeac**

« Ce livre m'a bouleversée. Un roman fort. »

**Brigitte Ternisien,
Studio Livres, Abbeville**

ISABELLE DESESQUELLES

Isabelle Desesquelles est l'auteure de *Je voudrais que la nuit me prenne* (Prix Femina des lycéens, 2018) et de *UnPur* (2019), tous deux chez Belfond. Elle a publié une dizaine de romans dont *Je me souviens de tout* (Julliard, 2004) et *La mer l'emportera* (Flammarion, 2007). Elle a également écrit deux récits : *Fahrenheit 2010* (Stock, 2010) et *Les Âmes et les enfants d'abord* (Belfond, 2016), et a fondé une résidence d'écrivains, la maison De Pure Fiction. Son dernier roman, *S'abandonner*, paraît en 2020 chez Pocket.

JE VOUDRAIS
QUE LA NUIT ME PRENNE

DU MÊME AUTEUR
CHEZ POCKET

LES HOMMES MEURENT, LES FEMMES VIEILLISSENT

JE VOUDRAIS QUE LA NUIT ME PRENNE

S'ABANDONNER

ISABELLE DESESQUELLES

JE VOUDRAIS QUE LA NUIT ME PRENNE

Belfond

Pocket, une marque d'Univers Poche,
est un éditeur qui s'engage pour la préservation
de l'environnement et qui utilise du papier fabriqué
à partir de bois provenant de forêts gérées
de manière responsable.

Le Code de la propriété intellectuelle n'autorisant, aux termes de l'article L. 122-5, 2° et 3° a, d'une part, que les « copies ou reproductions strictement réservées à l'usage privé du copiste et non destinées à une utilisation collective » et, d'autre part, que les analyses et les courtes citations dans un but d'exemple et d'illustration, « toute représentation ou reproduction intégrale ou partielle faite sans le consentement de l'auteur ou de ses ayants droit ou ayants cause est illicite » (art. L. 122-4).
Cette représentation ou reproduction, par quelque procédé que ce soit, constituerait donc une contrefaçon, sanctionnée par les articles L. 335-2 et suivants du Code de la propriété intellectuelle.

© Belfond, un département place des éditeurs, 2018
ISBN : 978-2-266-29032-6
Dépôt légal : août 2019

« Au début, j'étais grande comment ? Au tout début dans le ventre, j'étais grande comme ça ? » Et de lui montrer mon pouce de gamine de huit ans.

Il le divise en deux. « Mais j'arrivais à manger ?! Ça ne pouvait pas passer ! »

De sa voix qui n'est pas encore rauque de ces brutes de sanglots, il m'offre un mot. Ombilicœur.

Moi aussi je veux en inventer un, et je me lance, agitée, si désireuse de l'impressionner, mon père. Ça fait de moi une enfant vibrante, certainement éreintante, autant pour moi que pour lui. « Passionnaliter ! On décide que ça se dit, d'accord ? On le mettra dans les verbes du premier groupe ? Ce serait bien, non, que tout soit de la passion ? »

Il y en a tant de mots qui bourdonnent depuis seize années sans nous lâcher. *Je voudrais que la nuit me prenne moi aussi.*

POUR JAMAIS

Mes parents rivalisaient de fantaisie, on s'en entourait comme d'une écharpe et on ne pouvait pas avoir froid, même quand la température tombait à -15 °C, ce qui arrive encore sur notre plateau de granit, l'écharpe de fantaisie elle nous protégerait aussi des icebergs. Elle va bien avec le lien ombilicœur, et nous donne à tous les trois ce que maman appelle un sourire intérieur. Rien ne pourrait le geler ce sourire, elle le répétait un peu trop souvent comme si elle n'y croyait pas vraiment. Comment j'y crois moi alors ?

J'ai envie de commencer par elle, parce que j'aurais fait quoi sans ses fesses qui se tortillaient du matin au soir pour faire rire sa fille ? On n'avait pas encore petit-déjeuné, elle ouvrait les fenêtres du salon à la nuit, me faisait respirer l'hiver, collée à son flanc à peine couvert d'une chemise trop légère, je reniflais un air qu'on ne peut même pas voir. Ce qu'elle faisait aussi maman avec son nez, c'est se moucher en appuyant sur ses narines tour à tour, on soufflait bien fort en visant le sol pour ne pas toucher la jambe, elle y arrivait à chaque coup, pas moi... à tous les coups ; et la morve restait collée entre mes doigts ou atterrissait sur ma cuisse. Elle était forte ma mère.

C'était facile de la rendre heureuse, il suffisait de lui faire un câlin, surtout si elle ne l'avait pas réclamé. Ce qui était plus difficile vu qu'elle en réclamait tout le temps ! J'appuyais ma bouche sur sa main, et je comptais dans ma tête au moins jusqu'à trois, que ce soit un vrai baiser, pas un pour se débarrasser ; il y en a des faux qui glissent, s'évanouissent et peuvent même blesser. Pas entre nous. Un seul câlin et on aurait cru qu'on avait perdu dix kilos, on se sentait légèèères. Pour le dernier dans le lit à la fin de la journée, celui où elle me souhaitait de grands rêves, alors là carrément je m'envolais.

Je copiais papa et tout comme lui remarquais la nouvelle robe de sa jolie belle, un vernis à ongles, des paillettes roses sur ses paupières, on n'avait même pas besoin de lui dire qu'elle était belle tellement on la regardait. J'avais le droit de l'appeler « maman toute folle », certains ne trouvaient pas ça bien élevé mais comme ce qu'elle préférait c'était exagérer j'y allais de bon cœur, « maman toute foooolle », et le sourire intérieur se pointait aussitôt. On était au diapason. Elle, son amusement sonore c'était l'alouette. Attention, pas n'importe laquelle. L'alouette lulu. Elle plaisait à maman, un nom pareil ! Elle l'appelait pour le plaisir, et même aux corbeaux elle leur aurait donné du « Alouette lulu, alouette lulu » et en face ça croassait ! On lui mettait des ailes, à l'euphorie.

Maman et ses épaules rousses, ce sont elles d'abord que je voyais quand elle se promenait nue dans la maison. L'été, à peu près tout le temps, et tant pis pour les intrus, ils ne se risquaient pas deux fois à frapper à notre porte, d'ailleurs maintenant à part ma grand-mère personne ne vient.

Elle cuisinait nue, mangeait nue aussi, tout en me disant de ne pas mettre mon coude sur la table, que ce ne sont pas des manières, et en me répétant pour la dix millième fois de déplier ma serviette sur les genoux.

Le matin, j'essayais de me réveiller la première, juste pour le plaisir de leur lancer un : « Maman et papa vous venez enlever le noir ? » Je le savais, c'est elle qui viendrait, elle se glisserait nue contre moi sous le drap, et sa main irait sous mon pyjama, sur mon ventre, pour un petit massage et c'était comme un rêve qui reviendrait et celui-là on s'en souvient. Elle parlait souvent d'une fleur inaccessible au nom bizarre. Si j'avais essayé de l'écrire, sûr j'aurais fait une faute. Edelweiss. Une fleur qu'on ne peut pas acheter. À peine la cueillir. Alors l'offrir... quel cadeau ce serait ! Une nuit, pendant des heures, je l'ai cherchée dans mon sommeil cette fleur, au point de me réveiller tellement je voulais la trouver pour maman, j'étais presque arrivée en haut d'un sommet imprenable, les genoux et les doigts écorchés, le ventre râpé, mais je n'avais pas mal, j'avançais plaquée à la paroi, chaque millimètre prenait des heures, je n'avais pas le droit de tomber. Je sentais le vide, encore quelques mètres et j'y serais. Je n'ai pas pu tendre le bras, dommage, je l'aurais touchée. Ce n'était pas un rêve silencieux et ce matin-là elle était venue me rejoindre dans mon lit beaucoup plus tôt. « Pourquoi, maman, c'était impossible de l'attraper ? Elle était pour toi, tu sais. »

Pour une fois que j'avais un vrai rêve à raconter, j'ajoutais des détails, je sentais surtout encore mes muscles éprouvés, la sueur au-dessus de ma bouche, le désir à atteindre. L'absolu du désir. Et collée à son flanc je me suis faite la plus minuscule des minuscules pour être comme dans son ventre, et il avait raison papa, il allait très bien le mot « ombilicœur ».

« Quand on est un adulte, il y a tant et tant de choses qui paraissent impossibles. » Voilà ce qu'elle m'a répondu alors que l'aube absorbait la nuit. Moi j'avais l'impression d'être arrivée à rapetir elle m'a reprise, rapetisser. Bon d'accord, rapetisser, ça ne change rien à la suite : « C'est ça l'enfance, ma Clémence, que rien ne soit impossible. »

Je l'aimais ce prénom qu'ils m'avaient choisi, et j'aimais l'être leur clémence, un prénom pour ne rien craindre, la main de maman sur mon ventre, ouverte telle une fleur aux pétales mouvants, comme s'il avait poussé là finalement l'edelweiss. Avec des taches de rousseur qu'elle a sur tout le corps, et sous sa caresse elles avaient l'air de sauter du sien sur le mien, faisaient un tamis. Bien plus qu'une ressemblance, je l'avais dans la peau. Elle me racontait comment à mon âge elle avait frotté, décapé avec de l'eau oxygénée et du vinaigre blanc ses joues, son décolleté, pour enlever ses taches qu'elle maudissait. Grâce à mon père qui continue d'y voir une constellation somptueuse, sa rousseur lui est devenue précieuse, et même elle m'en a donné un peu sur les ailes du nez et le haut des pommettes, à la bordure du front aussi. Où d'autres accusent des cernes, j'avais du soleil en pointillé ; nous rusions avec lui, elle en riait, « pas question de le laisser nous faire la peau », et c'était une nouvelle pirouette fesses dansantes.

Je n'ai jamais compris que les plus pâles de nos vaches d'Aubrac n'attrapent pas de coups de soleil à rester toute la journée dehors après l'estive, continuant de ruminer comme si de rien n'était pendant que les mouches se bousculaient sur leurs naseaux, gavées de bouse et après elles iraient se poser dans notre assiette. Qui aime les mouches ? Le contraire des lézards qui n'embêtent personne. On aurait pas l'idée d'apprivoiser une mouche ? Alors qu'un lézard forcément on y pense, et avec maman on l'a fait ! L'été de mes huit ans. On ne croit jamais que l'on va rester aussi immobile au bord de l'ombre, le lézard sur sa pierre sous le cagnard, et toutes les deux, main dans la main avec des petites caresses l'air de rien, des gratouillis, juste du plaisir, et on attend. Est-ce là que j'ai pris goût au calme, le laisser m'envahir, s'installer, et on n'a plus du tout envie de bouger. Le lézard, c'est obligatoire, il le sent qu'on lui ressemble, il veut bien le croire qu'on est pareils, et s'ils souriaient les lézards alors là il aurait souri. Il nous fixait lui aussi, presque figé, je lui aurais bien appris à parler mais faut pas exagérer. « On essaiera quand tu sauras faire tes divisions », m'avait refroidie aussi sec maman. À l'heure qu'il est notre lézard ne parle toujours pas. Je m'en étais persuadée, c'était obligatoirement le même qui revenait jour après jour de l'autre côté de l'ombre, son petit cœur battant dans tout le corps avec sa minuscule tête d'ancien dinosaure, je lui faisais des grimaces juste pour qu'il comprenne que nous n'étions pas dangereuses. Si on l'observe sans le lâcher des yeux, mais vraiment, et qu'un papillon finit par arriver, et un autre, et un autre encore, le lézard va devenir la nature et toute la lumière, à un point qu'on ne voit pas qu'il est parti. Et quand on le remarque on n'est même pas triste, on compte les papillons, on peut croire qu'ils sont devenus amis parce qu'on est resté là à les regarder sans bouger.

Ces pensées me traversaient, même si à huit ans évidemment je ne pouvais me les expliquer vraiment, mais j'étais une machine à ressentir, ça oui. Déjà. Cela faisait de moi une enfant attentive, plus aiguisée. Sur le qui-vive, en captation permanente. Où est-ce que l'on met tout ça à un moment ? Si on écrit des livres on s'en débarrasse et on fait de la place pour tout ce qui va venir qui ressemble toujours à ce qui a été là en premier. Moi je n'ai pas écrit de livre, pas même la première page, je me suis retirée tellement loin au fond de moi ; je suis un puits sans fond, je garde tout. Et mon lézard, ses papillons je continue de les voir, je continuais de les voir dans la lumière rebondissante longtemps après qu'ils avaient disparu, ébauchant pour eux des baisers, et même on chantonnait, la spécialité de maman. Avec elle chaque moment important ou qui fait du bien a sa chanson. Pour *L'Abeille et le Papillon*, mon lézard faisait l'abeille.

Ma petite histoire est finie,
Elle montre que dans la vie,
Quand on est guidé par l'amour,
On triomphe toujours,
On triomphe toujours,
On triomphe toujours.

J'ai hérité de la rousseur de ma mère, de quoi d'autre encore ? De ne pas me tenir droite, ma mère voyant ma grand-mère se voûter a craint que ses os ne prennent le même chemin, elle a demandé à mon père de lui signaler si elle ne se tenait pas comme il faut. Autant dire tout le temps ! Elle me répétait de ne pas être impatiente mais ses « Allez ! » il fallait les entendre, sa ponctuation personnelle dès qu'on devait faire quelque chose. Ils vous couraient sur les nerfs ces « Allez ! » et avaient le don de vous rendre encore plus lente. J'avais le chic pour me prendre les pieds dans rien, surtout quand je courais après les feuilles avant que l'hiver les brise tout à fait. Je repérais les amassées, tapais dedans. Les plus recroquevillées je les écrasais pour le plaisir, entendre leur froissement qui me disait qu'elles avaient été vivantes. Sans que je ne le comprenne encore tout à fait, les feuilles, la mousse habillant les arbres et le pied des murets de pierre sèche m'avertissaient des progressions de la vie. Ce qu'elle déployait, ce qu'elle abîmait. Des feuilles tout en nervures scintillent à terre, une petite silhouette se penche vers elles, repère la feuille la plus intacte, agrippée au sol elle ne veut pas venir, prise dans une gangue de givre, et je l'arrache, souffle sur elle mon haleine chaude, je la fais fondre, et elle s'effrite, toute lumière bue. En plus je travaillais mes accélérations avec les feuilles, surtout les jours de grand vent, elles pouvaient tourbillonner autant qu'elles voulaient, elles ne m'échapperaient pas, et à la fin je les écrabouillerais. « Aussi sûrement que la finance nous écrabouille », aux dires de mes parents, ils tenaient à m'apprendre leur façon de voir, ils avaient choisi de se mettre à l'abri dans l'Aubrac de tous les n+1 et les n-1 de la planète, qui vont souvent avec des heures incalculables d'embouteillages, « et de toute façon à un moment on reste au point mort », concluaient-ils. Je ne comprenais pas tout mais eux voulaient que je sache, « pour choisir », disaient-ils. Choisir quoi maintenant ?

Ce qu'ils n'aimaient pas en plus des n minuscules et leur 1 ? Le plastique, la publicité, les drapeaux, le surimi, le ketchup, les *like* et les smileys, le wifi – tout ça pouvait les rendre nerveux ! Maman mettait le son de son ordinateur uniquement pour écouter le craquement crrrrrrr de la corbeille quand elle écrasait tous les éléments. Attention avec elle à ce qui traînait, à commencer par mes jouets, je n'osais même pas les sortir de leur boîte, ils partaient immanquablement à la poubelle. Je m'y suis habituée, me suis mise à ne pas aimer les poupées pour ne pas lui en vouloir peut-être de les faire disparaître. On a autant détesté mais là vraiment, les puzzles. L'idée de petits morceaux de carton incompréhensibles éparpillés sur son sol crispait particulièrement maman ! Quand c'était trop, même pour des habitués comme papa et moi, elle s'en sortait avec son histoire de désordre intérieur... à l'intérieur d'elle où apparemment c'était une belle pagaille, du coup elle domestiquait ce qu'elle pouvait. Il aurait fallu la plaindre en plus ! Même les chaussures dans l'entrée étaient au garde-à-vous, chaque paire avait droit à un nombre précis de centimètres, aucune ne devait dépasser. Heureusement, nos ombres n'entraient pas chez nous, sinon elle aurait trouvé le moyen d'effacer la sienne parce qu'elle faisait une tache. À peine j'ai su marcher, j'ai tenté de rattraper la mienne, je lui courais après, personne n'avait le droit de marcher dessus mais quel plaisir de bondir dans celle de mes parents, et quand elles se touchaient, leurs ombres, la mienne recouvrait les leurs.

J'ai quand même failli m'appeler Edelweiss ! Certainement pour le côté immortel des neiges il devait rassurer maman. L'edelweiss, l'étoile-d'argent, aurait guidé les Rois mages, et dans notre crèche à Noël on ne trouvait ni Jésus, ni Marie, ni Joseph mais pas moins de trois Melchior, deux Gaspard et un Balthazar et demi, le second ayant perdu la tête. On n'était pas dans une étable mais dans un coin du ciel, maman y collait des étoiles partout, qu'est-ce qu'ils auraient pu voir d'autre les Rois mages ? J'écrivais dès le printemps ma liste de cadeaux et en décembre elle était toute raturée, illisible, néanmoins destinée à un nulle part prometteur. J'avais de grands désirs.

Chaque Noël, Mamoune, ma grand-mère maternelle, nous resservait son histoire de pruneaux.

Elle avait grandi de l'autre côté de la mer dans une France qui n'était plus la France, et ce ne sont pas des oranges mais des pruneaux qu'elle trouvait dans ses chaussons. À leur chair fondante elle préférait les noyaux pour jouer avec petite. Elle en avait gardé une boîte pleine, et au moment de ma naissance elle a réduit en poudre trois d'entre eux pour cicatriser mon nombril. On se faisait beaux pour nos Rois mages, j'avais des anglaises, les cheveux tire-bouchonnés à l'ancienne semés d'une bonne poignée de paillettes et mes boucles sur ressort me tournaient la tête, j'étais à la fois reine d'un soir, fée, magicienne, sirène, princesse, déesse, et ce n'était pas assez encore, ça aussi je l'avais pris de maman. Surtout j'étais une héroïne presque aussi irrésistible qu'elle. Au moment de dormir j'osais à peine poser ma tête sur l'oreiller, n'accordais à aucun songe de déranger ma coiffure qui me donnait un air de femme, un air de maman qui les incarnait toutes, sur ses plus hauts talons, avec sa bouche de fraise écrasée. J'ai appris tôt cette autre perception que l'on a de soi lorsque notre regard capture tous les autres. « Sois conquérante ma Clémence, tu as le droit d'être une proie mais imprenable. À moins bien sûr d'en décider autrement. » Elle souriait. Évidemment. Cela m'allait de ne pas tout comprendre mais je voulais savoir, curieuse de tant, et le mystère du monde s'en épaississait. Je voyageais dedans, à mon aise, sans faire de bruit. Ce que je ne comprenais pas c'était comment les autres enfants pouvaient croire au Père Noël. Ma lettre, toute raturée, je savais bien qu'elle partait à la poubelle ! En même temps, c'était la seule fois de l'année où mes chaussons pouvaient « traîner » devant la cheminée.

Petit Papa Noël, quand tu descendras du ciel,
Avec des jouets par milliers,
N'oublie pas mon petit soulier...

Il n'y avait pas assez de baffles pour Tino Rossi et pourtant maman chantait encore plus fort. « Tu vois, on est toujours un enfant quand on entend cette chanson. » Et on se jetait sur les œufs de saumon, les blinis au sarrasin, le foie gras avec son air de frissonner sous le gros sel, Saint-Jacques crues et limonade à volonté. Entre les plats, maman m'apprenait à lever la jambe. Au lit, Tino, au tour de la Belle.

Je ne suis pas parisienne, ça me gêne, ça me gêne...

Et vas-y pour un lever de jambe prodigieux.

Je ne suis pas nymphomane, on me blâme, on me blâme...

Ils rient mes parents, je suis bien obligée de rire, même si beaucoup m'échappe, et je suis encore plus la petite fille d'une autre petite fille perchée sur ses talons. Elle fait de la concurrence aux flammes, papa doit ranimer le feu, on lève haut nos verres en cristal, ils ont l'air d'avoir décroché la lune tant ils étincellent, les bougies sont partout dans la pièce, et toute l'année derrière nos fenêtres à la nuit tombée. « Ce sont les cailloux du Petit Poucet nos bougies, affirme maman. Qu'une seule reste allumée et, c'est obligatoire, même dans la nuit la plus noire on la verra, et aucun de nous ne se perdra, on peut partir très très très loin. »

C'est si bon,
De se dir' des mots doux,
Des petits rien du tout,
Mais qui en disent long.

Il peut faire glacial, cette chanson est le signal, elle ne peut pas s'empêcher d'aller tournoyer dehors sous les étoiles, et un souffle froid entre dans la maison. Elle revient me chercher, bande tous ses muscles pour me porter et je me recroqueville dans ses bras, sans penser à mes anglaises, plaquée contre sa chaleur, son excitation heureuse, maman toute folle.

C'est si bon,
Et si nous nous aimons,
Cherchez pas la raison :
C'est parc'que c'est si bon,
C'est parce que c'est si bon.

Elle me serre comme si j'allais m'envoler mais je n'ai pas d'ailes. Pourtant je voudrais bien aller faire un tour au bout du ciel, et je reviendrais, pleine de merveilleux, je pourrais rester une enfant autant que maman. En attendant, je regarde le noir, les yeux à hauteur des siens, et c'est vrai qu'elle a l'air d'être tout l'univers avec ses hanches mouvantes, son bassin frémissant, ses jambes infatigables qui n'abandonnent rien, elle tend son front à l'obscurité, tant d'ombre nous avale. *Je voudrais que la nuit me prenne moi aussi.* Et je m'endors dans ses bras qui m'enserrent où je vais grandir jusqu'au matin. Tous les matins de ma vie.

Il arrivait toujours le premier dans sa classe, me demandait de rester dans la cour. Nous avions fait le chemin jusqu'à l'école ensemble, main dans la main, mais une fois le préau en vue plus de père qui tienne, il était mon instituteur et ça ne rigolait pas. Plusieurs fois aux récréations ou près de la grille, quand les parents venaient rechercher leurs enfants, j'ai pu les entendre dire qu'il se serait fait couper les deux bras pour ses élèves – ça ne me plaisait pas trop, personne n'a envie d'un père manchot, et en même temps, j'étais fière du respect et surtout de l'affection que d'autres lui portaient. J'observais ceux de ma classe et leurs parents lever les yeux vers lui et, si cela avait été possible, je l'aurais aimé encore plus d'être mon maître. Être instituteur n'était pas une vocation, ce qu'il aurait voulu vraiment, c'est tenir la salle de cinéma de son père adoptif, Le Rosebud, seulement elle n'avait pas survécu à mon grand-père et le jeune homme qu'un jour mon père a été a suivi ma mère sur notre haut plateau. Ils y ont cherché une bulle qui, ils le croyaient, n'exploserait pas ; je suis née et leur bulle était la mienne maintenant. Leur gratitude de s'être trouvés, reconnus, ne se démentait pas. Aimantés, ils exerçaient naturellement sur leur fille leur pouvoir d'attraction.

Je n'étais ni la première ni la dernière à faire des bêtises, trouvais ma place au fond de la classe, cependant attentive. Notre instituteur nous préparait à l'entrée au collège et il enseignait en même temps aux CE2, aux CM1, et aux CM2 tous réunis. J'aurais dû l'avoir trois ans. Notre école, avec son parquet, sa cour sans goudron plantée d'arbres, appartenait à un autre temps, comme les petits villages qui lui étaient rattachés. On devait obligatoirement chausser des patins avant d'entrer en classe, ici aussi les chaussures s'alignaient droit, pourtant ma mère n'y était pour rien ! J'entendais mon maître raconter comment avec la directrice, maîtresse, des petites sections, et la complicité d'un inspecteur d'académie ancien élève, ils rusaient avec les sottises d'un ministère de l'Éducation coiffé quoi qu'il fasse d'un bonnet d'âne, parvenant ainsi à éviter des réformes éphémères uniquement vouées à être... réformées. Une école où on laisse les enfants peindre une fresque vertigineuse sur le mur du préau donne envie d'y grandir, non ? Nous y sommes, ses élèves, peints sur ce mur depuis des années, bras levés dans une ronde qui dure encore, et notre farandole a gardé nos visages d'enfants. Les écoliers depuis ont eu beau se succéder, je gage que chaque fille ou garçon scolarisé là ensuite aura choisi son modèle sur notre fresque et se sera reconnu dans l'un ou l'une de notre classe d'il y a seize ans. Pour parvenir à nous peindre encore plus grands que nos parents, nous nous étions partagé les trois escabeaux tout un trimestre, on se bousculait dessus pendant les récréations, on ne pensait plus à jouer, on était des artistes ! Les filles en profitaient pour se rajouter du maquillage et des bijoux, les garçons des muscles. Je m'étais empressée de me faire les yeux comme maman quand elle devient créature, je suis cette fillette aux yeux trop fardés, qu'aucune larme, aucune intempérie, ni l'érosion des années n'ont vraiment abîmée. Mon maquillage, lui, a tenu.

La fresque terminée, notre instituteur l'avait longée lentement, observant tout des désirs cachés de ses élèves, peints sous ses yeux, faisant à chacun un commentaire amusé sauf à sa grande fille, pour le coup haute comme lui ; je l'ai vu regarder attentivement la bague que je m'étais rajoutée. Mon premier bijou. J'avais découpé en cachette dans notre dictionnaire la photo d'un edelweiss, et même si, peint sur mon doigt il avait pris un air de marguerite, je savais moi sa rareté. Ma bague n'était pas une pierre mais une fleur précieuse, et la contempler tous les matins autour de mon doigt sur ce mur me donnait le sentiment de la porter déjà. Comme si finalement l'inaccessible ne l'était pas tant.

À la maison ils n'ont gardé qu'une photo de moi, là non plus je n'y suis pas vraiment, j'y suis quand même. On les voit mes parents enlacés ; lui a encore des cheveux, et le ventre de maman pointe à peine, on ne me devine même pas mais quand ils m'ont montré la date du tirage derrière, j'ai calculé et découvert que j'avais trois mois sur cette photo, trois mois dans le ventre. Elle est la première de nous trois et pour ça elle est leur préférée, ils la conservent sous leurs yeux, pour m'avoir sans me voir.

— « Entre chien et loup », qui peut m'expliquer ce que cela veut dire ?

Je veux tellement répondre, j'en tombe de ma chaise à lever trop précipitamment mon doigt !

— C'est quand il manque encore une étoile. La nuit ne peut pas vraiment venir et le jour ne veut pas partir.

La marotte de notre instituteur, le vocabulaire. Il commençait toujours la classe avec une expression courante, mais curieuse pour des gosses, du coup on avait envie de l'écouter, envie d'apprendre ; il laissait les mots les plus intrigants en suspens, attendant qu'un élève se lance, lui trouve un sens du haut de son innocence. Je voyais les autres captivés, autant qu'eux je buvais ses paroles, je grandissais, suspendue à l'imaginaire qui vous happe et devient une connaissance. Mon père arrivait à rendre tout plus vaste, il ne nous apprenait pas seulement à lire, à écrire, à calculer, mais aussi à réfléchir. Il vous donnait envie de l'intelligence, de ne pas être des copiés-collés.

Pendant que nous étions à l'école, maman gardait des maisons vides, elle trouvait ça amusant. Souvent les plus grandes sont les moins habitées, leurs propriétaires en ont tellement, de maisons, ils n'arrivent pas à rester dans toutes, alors c'est maman qui les occupe un peu en s'en occupant, elle y fait pousser des fleurs, enlève les toiles d'araignées à l'intérieur, le lierre dehors qui à force ferait éclater les murets autant que le gel, elle aère et parfois elle fait exprès de manger sur place, d'y cuisiner pour leur donner une odeur parce que, disait-elle, « si on ne sent rien dans une maison on n'est plus dans une bulle mais dans un cube ». Je sais aussi qu'elle y écoute le silence, que ça prend du temps. Elle m'emmenait avec elle quand je n'avais pas école, elle me gardait quelques toiles d'araignées, je fonçais dedans tête la première, je guettais le son de leur déchirement ou j'en faisais des barbes à papa autour de mon doigt. Pendant ce temps maman s'occupait des poussières en chantant.

Gracias a la vida, merci l'existence,
Pour ces yeux que j'ouvre quand le jour commence,
Ils m'ont fait connaître l'océan, les plaines,
Le soleil des routes et l'ombre des fontaines.

Chaque fois, arrivées à cet endroit, on se regardait.

Et parmi les hommes, le seul homme que j'aime.

Je le savais, qu'elle avait changé les paroles, que normalement Pagani il dit : *Et parmi les femmes, la seule femme que j'aime.*

Ça m'allait qu'elle les change, d'entendre comme elle l'aime mon père. Elle, heureuse dans des maisons vides qui ne sont pas les siennes, et lui devant son tableau noir à nous faire recopier *Le Déserteur*. Évidemment cela ne plaît pas à tous les parents mais il s'en fiche et ne laisse personne l'embêter. À la fête de fin d'année, les parents cette fois étaient tous d'accord pour lancer un ballon dans le ciel. On en avait un par élève avec une étiquette indiquant notre nom et l'adresse de l'école. Je lâchai exprès le mien une microseconde avant pour le regarder monter seul, le ballon nous échappait si vite, déjà tout là-haut, le regard a ses limites. Celui de mon CE2 a fini par arriver dans l'Ain, à Communal, jusque derrière les montagnes. Il s'est posé à un mètre d'une petite fille de mon âge, il a traversé le ciel et l'a trouvée. Elle a voulu que je le sache, m'a écrit que l'on pourrait devenir amies si je le voulais. Oui, je le voulais mais non, on ne le pouvait pas. À la rentrée suivante, la directrice de l'école a mis quelques jours à donner la carte postale à mon père. Chaque année depuis la gamine de Communal a reçu une carte postale – mon père a pris la place de sa grande fille pour que je reste amie avec une que le ciel nous a donnée. On ne s'est jamais rencontrées mais dans sa dernière carte elle m'invitait à son mariage. Année après année mon père a continué de regarder un ciel vidé de ses couleurs, il se tient un peu à l'écart des autres enfants, il a besoin que mon ballon et son étiquette portant encore mon nom ne se fonde pas au milieu de la centaine d'autres. Il le regarde disparaître et il a le cœur comme un poing serré. Sa nuque lui fait mal mais il ne le quitte pas des yeux notre lien ombilicœur, il ne veut pas se rompre.

L'école est à trois kilomètres de notre maison, on y va par un chemin que nous étions les seuls à prendre ; nos marches tous les deux, matin et soir, parfois l'un derrière l'autre dans les sentes les plus étroites, elles sont au-delà de la mémoire, parce que c'est arrivé, un père et sa fille, chacun avec son cartable et nos mains qui se cherchaient, se retenaient, la pression de la sienne enserrant la mienne, comme nous y puisions une douceur. Que se passe-t-il dans la tête d'un enfant quand il soupçonne que le meilleur ne va pas durer, qu'il n'est pas garanti, le bonheur ? Grâce à ses parents, à leur offrande d'amour, l'enfant ne voudra pas le croire, il balaiera son soupçon dans un câlin de sa mère, un rire de son père, et l'enchantement permanent de l'enfance se prolongera, il le croira résolument. La protection de ses parents lui donnera le sentiment de l'invincible bonheur. Et on s'y arrime. Tout ce que l'on se sera raconté au cours de nos trajets silencieux, sans un mot et pleins du son des saisons, jusqu'à celui des flocons sur le point de tomber. Après venaient l'allégresse des oiseaux de retour, puis l'estive, où ça beugle, les feuilles que l'on déchire, les foins qui se font, le bois tronçonné, le tambour de la pluie sur les flaques. L'hiver, ses lumières insensées d'aubes pures et rosissantes, et au retour, précisément à cette heure entre chien et loup, des torches dans le couchant et de plisser les yeux l'horizon s'irise.

— Regarde, grande fille, cette mer de nuages éclairée de l'intérieur. On dira à maman que pour une fois le soleil a quitté ses jupes ! À moins qu'il ne soit rentré à la maison avant nous.

Ressentir. Ce qu'il m'aura appris avant tout. La sensation des choses. D'un tout. C'est simple, nous allions à l'école et sur le chemin on s'extasiait. Maman, elle, vous poussait à l'enthousiasme, une exaltation. Lui m'entraînait dans ses admirations. Il m'en aura fait toucher des mousses, de tous les verts, au ras du sol et sur les murets de pierres sèches montés il y a des siècles, un marqueur de propriété jalonnant les drailles tout en dépierrant le sol afin de le cultiver. À certains arbres, la mousse est une seconde écorce et, selon l'humeur du ciel, le lichen des chênes semble une guirlande phosphorescente accrochée à leurs branches créant des voûtes, et des berceaux inversés. L'hiver, il leur arrive de lancer des éclairs métalliques, qu'il pleuve, un rayon de soleil derrière et la ramure des arbres se transforme en coffret à bijoux ; une nouvelle averse, le soleil encore et des joyaux en sortent, l'arbre a un cou, des bras, et bien plus que cinq doigts. S'il y avait de la beauté, un étonnement, une rareté, on ne passait pas à côté sans s'y arrêter, papa la célébrait, et cela change tout, voir les choses ainsi.

— Regarde cette mousse, grande fille, toute neuve, toute jeune, on voit qu'elle est à sa première saison.

— Alors papa c'est obligé elle va s'abîmer maintenant.

J'essayais de résister à mon désir de décoller les mousses, qu'elles soient fraîches ou sèches, et d'en faire des repères pour le retour. « Si tu les arraches, pense à une petite peau autour de ton ongle que tu tires, elle te blesse quand elle n'est plus là. » Il m'arrivait de ne pas l'écouter et de les arracher quand même, de grands pans de mousse, je voulais les sentir s'agripper et me céder. Celles que j'épargnais, les plus épaisses, les plus molles, au contraire elles retenaient mes doigts ; à appuyer là il me semblait avoir trouvé le chemin du centre de la Terre, de ces couches multiples qui la composent que nous apprenions à l'école, un enfouissement. Je tenais entre mes doigts l'odeur humide du vivant, continuais à la respirer en classe. J'avais attrapé un peu de la nuit dans ces mousses gorgées de rosée et, les doigts posés sous mon nez une grande partie de la matinée – ce qui n'arrangeait pas mon écriture –, je respirais la nature qui ne se repose jamais. J'entendais mes parents en parler comme d'un trésor inestimable, ils me cachaient sa fragilité mais je la percevais dans leurs soupirs qui n'étaient pas qu'une paix quand un couchant, une brume leur soulevaient l'âme et ils n'écoutaient plus rien d'autre, me coupaient si je parlais, suspendaient toute phrase. Ils ne savaient pas combien de temps encore elle serait là, cette beauté, tellement outragée, niée, et ils désiraient qu'elle se dépose en moi. Les eaux vives, jadis pleines d'écrevisses, avec leurs truites qui sentaient la noisette, paraissaient maintenant bien misérables aux anciens.

Derrière le mur de notre école, il y avait le potager d'un très vieux monsieur. Combien de fois aux récrés notre ballon y atterrissait, il nous le renvoyait sans jamais râler. On apercevait son bras, on savait qu'au bout il y avait un corps plié en deux d'être courbé, une moustache blanche tout aussi tombante et beaucoup de malheur, sa femme morte, leur fils, tous les deux du cancer ; il écoutait nos rires d'enfants et il nous remerciait pour eux. Papa le faisait intervenir régulièrement dans sa classe et le vieil homme restait déjeuner avec nous à la cantine, il nous parlait d'un autre temps, c'était hier, et c'est terrible de dire « c'était » ; on l'écoutait encore plus attentivement que notre instituteur, on avait compris son importance. Comme l'on voudrait retenir ce qui est perdu.

À force, nous avions les mêmes éblouissements papa et moi, et à mon tour je lui montrais des ciels, leurs rubans cramoisis ou les mauves, mes préférés. Mi-trappeur, mi-Sioux, mi-dieu de l'Olympe, j'avais plus de vies que les chats et je n'en étais qu'au début, je repérais les crapauds – des habitués – les soirs d'été, et les hérissons assoiffés, je guettais les scarabées, ils brillaient de tous leurs verts sur leur or, et ils me comblaient de leur présence fabuleuse d'êtres sauvages. L'histoire d'une nature qui ne s'apprend pas sur un tableau noir ni dans les livres et que l'on écrit avec nos peurs et nos envoûtements.

Il y avait le tableau de l'école réservé à notre maître et celui dans ma chambre pour y écrire tout ce qui me sortait de partout ! Mais personne ne devait lire et, à peine inscrit, un coup de chiffon et j'effaçais. Pour trouver les mots justes, je m'allongeais sur mon lit sous la fenêtre, mes yeux s'en allaient loin au-dessus de ma tête, j'essayais de regarder les étoiles quand on ne les voit pas – il fait jour mais on sait qu'elles sont là. Les étoiles filantes, rebaptisées les victorieuses, parce que mortes on leur confie nos vœux et on les recherche plus que les vivantes. D'apprendre que ce qui les faisait encore exister était la distance qui les séparait de la Terre m'avait troublée. Elles sont éteintes depuis des années leur lumière continue de nous atteindre et notre existence devient la leur ; le ciel peut bien être semé d'étoiles mortes, elles nous envoient leur lumière longtemps après leur disparition, et on dirait une fête !

— Mais alors c'est pour ça que les humains morts ils vont dans le ciel, pour continuer à vivre ? Et ils sont joyeux là-haut hein, papa ?

Ma première leçon d'astronomie prenait un drôle de tour. J'étais entre eux, papa et maman, allongés directement sur le sol, et moi à califourchon, une jambe sur chacun, les reliant. La terre était chaude encore, dans moins d'une heure on serait en août, le mois de mon anniversaire et de mes huit ans. Finalement mon père a répondu.

— Tu as raison... comme pour les étoiles, parfois on pense surtout à nos morts, pour les retenir.

— Mais c'est obligatoire papa ils sont loin.

— Oui. Il faut faire attention, parfois ils prennent tellement de place on en oublie les vivants.

Je sais bien à qui il pensait, à son père. Je trouvais bizarre de l'appeler grand-père Pierre alors qu'on ne se verrait jamais ! Je le disais pour faire plaisir à papa, ce n'était pas désagréable et il y avait quelqu'un de plus qui comptait.

Les étoiles filantes traçaient leur chemin, précieuses d'être mortes, de là à leur confier nos vœux... Quelles chances avaient-ils vraiment de se réaliser ? Parce que les morts ils peuvent bien continuer leur vie dans le ciel et être avec nous, en vrai ils ne sont plus là. Si on écoutait Mamoune, ma grand-mère, des vœux on n'en ferait pas. « C'est malheureux comme tout, un vœu. On en fait un et après ? Il se réalise ? Bon et alors ? On veut en faire dix, vingt ! Il faut faire attention avec l'espérance, elle raconte n'importe quoi. » De vœu finalement je n'en aurai fait qu'un, plein d'un seul : Just. Qu'il pense à moi tout le temps du Temps. Toujours. S'il s'est exaucé ? Toujours ne veut rien dire. Quand on le comprend, on n'est plus exactement un enfant.

Et pour jamais, adieu. Pour jamais ! Combien ce mot cruel est affreux quand on aime. J'étais dehors à observer des larves de coccinelle sur la façade, les fenêtres du salon grandes ouvertes, je me suis penchée et sur la pointe des pieds je suis arrivée à distinguer jusqu'au fond de la pièce ; le silence après ces mots durait, et je voulais voir à quoi il ressemblait ce silence. Ils étaient mes parents, enlacés, comme il m'arrivait de les surprendre et en même temps c'était tout différent. Parce qu'ils ne savaient pas que je les regardais ? Là encore j'étais trop jeune pour me l'expliquer mais j'éprouvais un mélange de gêne et de curiosité. La même chose que lorsque je passais exprès devant la porte de la salle de bains entrouverte quand papa se douchait. Je l'avais surpris, sa chose là tendue devant alors que d'habitude elle pendait, elle était toute gonflée, j'avais été impressionnée !

J'oublie mes larves et à travers la fenêtre je regarde maman sur ses genoux à lui, blottie. On dirait une autre petite fille de papa, ça ne me plaît pas. Ils aiment bien se lire à voix haute des phrases des écrivains, des fois j'en attrape, j'essaie de les apprendre par cœur, en retiens des bouts, comme si on en avait pas assez des poésies à l'école ! Après un long moment la petite fille dans les bras de papa redevient maman et le livre retrouve sa place tout en haut de la bibliothèque. Je viens de comprendre qu'un livre peut vous poursuivre.

Mes parents aimaient me parler de leurs lectures et, si on était à la fin du dîner, en étant attentive j'arrivais, je l'avais remarqué, à retarder l'heure du coucher. Et je les écoutais ardemment me parler de parfaits inconnus, du Destin, seulement, cette fois, leur *Pour jamais !* me laissait une impression pénible. Je suis entrée dans la maison, me suis plantée devant la bibliothèque, je n'ai même pas fait semblant de ne pas les avoir espionnés.

— C'est quoi le livre que tu viens de ranger, papa ?

— Racine.

— Racine de quoi, et pourquoi il rend triste ?

— Peut-être parce qu'il arrive à dire... ce... ce que... l'on n'ose pas.

Et débrouille-toi avec... à huit ans ! Aussitôt maman du haut de sa fougue s'empare de la tragédie, de toutes les tragédies, et elle les boxe de ses fesses remuantes, de ses hauts talons martelant une scène imaginaire ; d'une chiquenaude elle chasse le pesant du *Pour jamais !*, n'en retenant que le flamboyant. On est au spectacle. Papa ouvre une bouteille de limonade, une fois encore la volonté du bonheur de ma mère a cueilli le tragique à la... Racine. Et on a trinqué.

Quand je reviens à mes larves, elles ont disparu, grignotées par je ne sais quel bec, à moins qu'elles ne soient devenues des coccinelles, et elles auront des tas de petits coccineaux, avant tôt ou tard de satisfaire à l'appétit féroce de la destinée ! N'étant ce jour-là pas en mesure de raisonner de la sorte, je regarde sans comprendre la façade nue et, parce que ce n'est pas si drôle finalement, je me précipite vers celui qui me donne des ailes à moi : Just.

Il m'a aussi donné envie de ne pas grandir, que rien ne change. Just. Nous étions dans la même classe, mais lui en CM2 ; il habite encore à cinq minutes de la maison, il a toujours été là, un grand frère mais que l'on pourrait étreindre, dont on a le droit de tomber amoureuse. Quand nous courions sans but pour être encore plus ensemble, haletants, rouges de l'effort et de notre confusion à éprouver à ce point, sans oser, nous portions en nous tous les âges, toutes les étapes, nous étions l'instant comme rarement. Elles m'allaient, ces deux années qui nous séparaient, le regarder en levant à peine le menton, il me donnait un air fier ; pouvoir faire semblant de trébucher, m'appuyer à son torse si étroit, si solide. J'aimais son avance, qu'il m'attende. Il fallait me voir enduire mes cils d'un peu de bave comme maman me l'avait montré, toutes les deux devant le miroir de la salle de bains à barbouiller de salive le bout de nos index pour en recourber nos cils. J'étais prête, je ramassais mon cartable et en route, je n'allais pas à l'école, j'allais retrouver Just et mon cœur s'emballait, oh pas que mon cœur. Ses pieds nus, l'été dans la colline me boxaient le ventre, sa nuque en classe juste le rang devant me comprimait les poumons, et les mousses où mon doigt glissait étaient ses paupières. Toute la mousse de tous les chemins, je pourrais l'arracher elle repousserait et un jour je ne serais plus une petite fille. Peut-être de le redouter et d'en avoir envie vous fait grandir, de l'espérer et de préférer que ce ne soit pas encore. Je passais des heures à nous imaginer, je n'avais même plus besoin qu'il soit là puisqu'il était. Et pour que ça marche d'être avec Just, quand on serait grands, quand on serait vieux, quand on serait un papa et une maman, j'allais où personne ne pouvait me voir ; à deux pas derrière la maison, je m'asseyais, ramenais mes genoux et posais mon front dessus, yeux fermés, les mains sur ma bouche, lèvres entrouvertes, je voulais respirer mon haleine comme il le ferait lui plus tard, et ça commençait, nous allongés au bord de l'autre. Je ferais semblant de dormir, que cela dure, Just penché sur mon visage à me toucher et pourtant non, suspendu à mon souffle quand je l'étais moi à sa retenue. Elle était là, notre gravité.

Si Just n'a pas été tout à fait un frère et tout à fait l'amour, Trottinette, elle, a été tout à fait ma tortue. Peu avant mes six ans mes parents ont fini par me l'offrir à reculons, sûrs de ce qui arriverait. Une année entière j'ai attendu sa venue, et l'échelle du temps pour un enfant n'est pas exactement la même, un mois – sauf pour les vacances – c'est l'éternité. D'interminables semaines à être encore plus sage que sage pour l'avoir, la tortue, et à redouter d'en être privée à chaque dictée avec des fautes alors qu'elle était vivante quelque part, et même si elle ne le savait pas elle s'appelait déjà Trottinette et on serait obligés de l'aimer, tout le monde. Enfin mes parents ont annoncé son arrivée après l'hiver, je n'ai plus voulu mettre mon manteau et j'aurais porté des robes par -3 °C pour les convaincre d'un printemps précoce. Je me suis comportée affreusement avec les premières fleurs, les narcisses, jonquilles, tulipes, iris, boutons d'or, toutes elles y sont passées, cueillies ou plutôt arrachées dans ma hâte d'en faire de foisonnants bouquets, preuve que nous étions bien sortis de l'hiver. Seulement il n'en finissait pas et je me suis momentanément mise à prier. Pas Dieu, non, le soleil, que ça serve à quelque chose, Dieu est tellement invisible. Mon modèle c'était *La Prière* de Brassens, maman pouvait l'écouter dix fois de suite et ce n'était pas la peine d'essayer de lui parler après.

Par le petit garçon qui meurt près de sa mère
Tandis que des enfants s'amusent au parterre ;
Et par l'oiseau blessé qui ne sait pas comment
Son aile tout à coup s'ensanglante et descend
Par la faim et la soif et le délire ardent...

À la fin ça s'arrange, la mère apprend que son fils est guéri, l'oiseau rejoint son nid, tout le monde s'en sort, et je me disais que ma tortue elle aussi en sortirait de ma prière arrangée. Trottinette est arrivée la nuit comme dans un rêve, j'ai ouvert les yeux au réveil et nos regards se sont croisés, mes parents l'avaient déposée sur mon oreiller, mais après plus question de l'avoir dans mon lit. J'ai approché mon nez du sien, un drôle de museau, pour un baiser esquimau. Sa peau était beaucoup plus ridée que celle de Mamoune, j'avais voulu une tortue pour sa longévité, elle est l'animal qui vit le plus longtemps, rescapée de la préhistoire, j'étais fière qu'elle vienne de si loin, comme si c'était moi qui avais dix mille ans. Rien ne lui arriverait et on serait toujours ensemble. La première chose que j'ai voulu faire après notre baiser a été d'écouter son cœur, je n'y suis pas arrivée. J'étais responsable d'un être vivant, j'ai découvert l'inquiétude.

— Pourquoi il faut mourir quand on vit ?

Un sourire qui hésite. Silence.

— Je serai vieille dans longtemps comment, maman ?

Nouveau silence.

— Dans au moins… cent ans ! Ça existe, hein pour un humain ?

— Il y a cinquante ans, ma Clémence, les gens vivaient… j'en sais rien moi, dix ans de moins, alors dans cent ans… oui… oui, ce sera normal de vivre cent ans. Au minimum !

— Et cent cinquante ans tu crois ? Tu entends Trottinette on va rester ensemble pendant… ça fait combien ?

Ma première soustraction. Elles m'émerveillaient toutes les années à vivre avec Trottinette. Je lui en ai cueilli, des brassées de pissenlits. Pour elle j'ai appris à peler une pomme, je lui posais du vernis fuchsia sur les ongles, voulant en faire une coquette. Et la fois où j'ai eu un rhume, je mettais bien la main devant ma bouche pour tousser, qu'elle ne l'attrape pas. Elle avait son petit enclos avec un coin d'ombre, une sorte de toit fabriqué par papa pour qu'aucun rapace ni renard ou je-ne-sais-quoi l'attrape. J'allais la voir dès le réveil et au retour de l'école, le dimanche un nombre incalculable de fois. Je lui parlais, lui racontais ce que je gardais pour moi d'habitude, à commencer par la colère qu'il m'arrivait d'éprouver envers mes parents. Un enfant qui en veut à ceux qu'il aime le plus crée une angoisse en lui, au point d'espérer plus que tout un signe de ceux contre lesquels il était si remonté la seconde d'avant. Seul importe de faire cesser l'agitation qui l'a envahi. Un regard dur de ses parents, une froideur, un dos tourné, un silence inflexible le livrent à un trouble trop compliqué, il doit s'en débarrasser, il a besoin de débloquer l'air amassé dans son petit corps. L'enfant avait envie de punir et c'est lui qui l'est, au point de réclamer le premier la bulle d'amour, d'être remis dedans. La seule vérité de l'enfance est de ne pas laisser la violence faire son trou en nous, qu'elle ne s'installe et, avec, l'affolement qu'elle provoque. Je le voyais, si on s'emportait l'un contre l'autre mes parents étaient aussi secoués que moi, seulement ils résistaient mieux, alors avec ma tortue j'ai fait attention, mais vraiment, je ne crois pas avoir été une fois injuste, ni m'être énervée. Est-ce que ça veut dire que j'aurais été une bonne maman ?

Avec Just on a cherché le sexe de Trottinette sans le trouver, on l'a tournée et retournée mais le mystère est resté entier. Pour arriver à toucher sa langue avec la mienne il a fallu être patiente. J'ai tenté de convaincre mes parents que j'avais fait une grande découverte. Si on regarde bien, la langue des tortues et la nôtre se ressemblent à un point pas possible, les mêmes ravines, le côté granuleux, il fallait absolument arrêter de manger de la soupe à la tortue c'est comme si on avalait notre langue. Personne ne s'en était rendu compte parce que personne ne s'était occupé aussi bien de sa tortue et j'allais devenir une grande scientifique ! Je sauverais des centaines de milliers de tortues et Trottinette ne voudrait jamais qu'on soit séparées. Apprenant l'existence d'une Académie des sciences, j'ai écrit une lettre bien tournée, neuf brouillons ! Et on a acheté exprès une enveloppe rouge pour qu'ils la remarquent, les académiciens, ma lettre, avant même de la lire. Et j'ai attendu. Je reconnaissais la voiture de la factrice à des kilomètres, je l'entendais une heure avant qu'elle arrive, mais rien, pas un mot pour me remercier au nom des scientifiques du monde entier. Papa avait beau me dire qu'il n'était pas étonné, qu'un académicien c'est encore plus lent qu'une tortue, je ne me suis pas laissé intimider et à leur indifférence j'ai répondu par une seconde lettre – onze brouillons cette fois – moins respectueuse, presque menaçante. On ne m'enlèverait pas ma découverte et on ne priverait pas les tortues de leurs droits. Là encore pas de réponse, et la factrice a commencé à s'irriter de me voir me jeter sous les roues de sa voiture. Évidemment elle connaissait les raisons de mon impatience et elle a fini pour notre tranquillité par m'écrire et remplacer à elle seule toute l'Académie des sciences. Ils – enfin elle – avaient joint un brevet, tout le monde l'a vu à l'école, j'ai vraiment cru avoir sauvé les tortues et j'ai pu redevenir une petite fille. Avec une tortue pour s'amuser pas pour s'énerver. Couchée sur le sol je lui chatouillais les trous de nez, et quand sa tête se rétractait j'avais toujours peur qu'elle reste coincée dans sa carapace, et là qu'est-ce qu'on ferait ? J'ai appris par cœur le numéro de téléphone du vétérinaire, ça n'a pas empêché la catastrophe. Ils m'avaient assez mise en garde mes parents : « Ne la sors pas autant ou tu vas la perdre. » Et c'est arrivé. À un moment je ne l'ai plus vue. Je devais veiller sur Trottinette et j'ai failli, la nature l'a avalée toute crue. Je l'ai cherchée plus qu'on ne le devrait, j'ai soulevé des tas de bois mort, froissé des fleurs, dérangé des pierres, bousculé quantité d'insectes. Évidemment je ne l'ai pas retrouvée. J'ai souhaité la mort de tous les chiens alentour qui risqueraient de la croquer. J'ai supplié la factrice de rouler à deux à l'heure qu'elle ne l'écrase pas, je me suis maudite aussi. Qu'est-ce qui lui avait pris à Trottinette de me laisser ? J'ai fait pousser une quantité déraisonnable de pissenlits autour de la maison, en appelant à sa gourmandise, espérant la faire revenir, je me suis mise à peler des kilos de pommes. J'en ai voulu à mes parents de ne pas être plus tristes. Être injuste m'a un tout petit peu calmée. J'ai échafaudé toutes sortes d'intrigues pour arriver à ne pas grandir, abolir le futur sans Trottinette, je devais rester une petite fille pour que rien ne change et elle me retrouverait. Quand j'ai commencé à saboter mon CE1 pour ne surtout pas passer en CE2, papa m'a alors confié son chagrin d'être orphelin, de n'avoir jamais connu sa mère, d'avoir perdu son père adoptif trop tôt. Ensemble on est partis sur les traces – oh, pas de Trottinette – des cendres de mon grand-père, éparpillées autour de la maison avant ma naissance. Papa a fait un grand geste comme une ronde, c'est là que l'on devait chercher, maman a commencé à danser et je n'ai plus été si triste, je réalisais combien l'absence est une présence.

J'ai voulu garder l'image de ma tortue, je n'avais même pas pris une photo d'elle ! J'ai tenté de la dessiner, l'avoir encore sous mes yeux comme je la voyais, mais… ses yeux de Chinoise n'avaient rien à faire d'une feuille blanche, son maigre cou, ses petites pattes qui s'agitaient quand je la soulevais pour bien lui montrer que je ne la laisserais pas tomber. Trottinette était exactement de la taille de ma main, je me suis concentrée, penchée sur une nouvelle feuille, et j'ai recommencé mon dessin, cette fois très ressemblant. J'avais tracé ma main ouverte, doigts écartés, comme pour tenir encore ma tortue au creux de ma paume. Ma main grandirait, elle changerait, mais pas sur le dessin punaisé sur la porte de ma chambre. Il y est resté, à sa mesure, et les quelques semaines que nous avons eues ensemble sont encore là. J'avais trouvé comment nous garder toutes les deux.

— Ne fais pas comme moi, ma Clémence, à te laisser bousculer par ce qui n'est plus. Ne laisse pas les souvenirs te serrer de trop près. Tu t'en souviendras ?

— Ben non, maman, je n'ai rien compris.

Cette fois j'avais décidé que mon métier serait inventrice de temps. Pour le commander. Les mammouths allaient revenir sur terre et ils défendraient les éléphants. Les hommes – mais seulement les gentils – seraient obligatoirement invincibles, et même le père de papa, grand-père Pierre, allait revivre, et plus personne ne pourrait dire que je ne faisais pas de mon mieux. À ce moment de mon raisonnement, j'ai cherché la formule qui me permettrait de soumettre le temps, je me suis tournée vers les étoiles, elles m'ont paru être bien placées. Mystérieuses, endurantes, les victorieuses. Par la fenêtre au-dessus de mon lit je m'endormais tous les soirs avec elles. Elles m'auront bercée encore plus que les chansons de maman, mes yeux s'étaient fermés, je les voyais encore, les avais rejointes. Je n'étais plus dans mon lit, je n'étais plus celle-là avec ses grands cheveux dorés et sa myriade de grains de beauté au creux du bras gauche, une giclée d'encre. J'étendais exprès mon avant-bras, ma peau me faisait l'effet d'un buvard. C'est avec le temps que j'ai peut-être le plus joué ; loin de sa réalité, qu'est-ce qu'on y est bien ! J'emportais le murmure irremplaçable de mes parents. Si je pouvais chevaucher une étoile et eux continuer à vivre rien ne nous séparerait. À travers le jour d'un parquet sans âge la vie en bas continuait de monter dans ma chambre, et la nuit n'en était plus une. La table que l'on débarrasse, deux verres de nouveau remplis et ils s'entrechoquent, ou c'était la bouilloire, le grincement de la porte d'entrée pour cueillir une branche de thym, de romarin, d'autres songes infusaient. Je me sentais si protégée. Au bras du temps, entortillée dans mon drap préféré avec les panthères blanches ou celui de maman enfant plein de roses passées qui ne se fanaient pas, de dessous les pétales et les fourrures immaculées j'écoutais les capricornes danser leur sarabande dans nos poutres, ou parfois un loir grignoter les murs, des sons gênants pourtant réconfortants, ils étaient mon univers familier. Certains soirs maman prenait de l'avance en cuisinant pour le lendemain, assaisonnant le tout de chansons.

Elle avait des yeux, des yeux d'opale,
Qui me fascinaient, qui me fascinaient,
Y avait l'ovale de son visage pâle
De femme fatale qui m'fut fatal,
De femme fatale qui m'fut fatal.

J'attendais la dernière phrase, *On a continué à tourner, tous les deux enlacés, tous les deux enlacés*, en bas devenait silencieux, je savais leurs baisers, retenais mon cœur qui s'emballait, il y avait un bruissement, un chuuuttt, ou un rire, un soupir et c'était reparti, une vaisselle que l'on essuie, des casseroles que l'on range, la poubelle pleine à sortir et vlan la porte d'entrée, des vêtements propres à défroisser d'un coup sec avant de les ranger dans ma commode mais je dormirais déjà. Combien de temps encore allait durer leur journée sans que je ne sois plus tout à fait là ? Je rêvais et il y avait une main, elle tirait le drap sur mes épaules, effleurait mon front, ma sueur d'enfant endormi. Elle s'arrêtait à ma nuit écrasante et douce. Je sentais qu'ils étaient pressés de me coucher. De mon lit, même les yeux fermés, je voyais comme si j'y étais les jambes de maman allongées sur notre canapé, celles de papa en travers de son fauteuil, avec chacun un livre mais avant tout c'est en moi qu'ils lisaient. Leur sujet préféré ! Je tendais l'oreille, j'attrapais un « Tu as vu, Alexandre, elle a déjà ce mouvement féminin de soulever ses cheveux ». Non, il n'avait pas vu mais il avait remarqué la longueur prometteuse de mes jambes. Me découvrir femme alors que j'étais tellement leur petite fille est un orgueil qu'ils m'ont donné. Je luttais avec les rêves, leur demandais d'attendre, les étoiles se mettaient à danser devant mes yeux, bientôt maman lirait à voix haute, des chapitres entiers, marqués d'une étoile, il y en a plein ses livres. Vraiment une de mes choses préférées, l'écouter lire. Elle lisait à voix haute, pour elle, pour mon père, elle lui lisait dès qu'ils se posaient, avaient fini leur journée. Et ils s'en fabriquaient une autre. On aurait dit qu'elle mâchait les phrases. Pour qu'elles ne l'avalent pas elle ? À certains passages je percevais sa voix sur le point de se briser. C'était un peu perturbant et en même temps je sentais que ça lui faisait du bien. Comme à moi, des mots que je ne connaissais même pas ! Elle lisait et en relisait certains, voulait que papa comprenne bien qui elle était. Comme s'il n'avait pas compris ! Elle parlait du pouvoir des livres et tous on y croyait. Dans quelques-uns elle a mis tellement d'étoiles, elle les transformait en constellations ! Celui qui en avait certainement le plus elle l'a lu en entier à voix haute, même son titre était pour nous, *Un bonheur parfait*. Il est resté des mois sur le divan, lui aussi avait sa place. Dès que je pouvais j'allais piocher dedans. Tous les mots ne montaient pas jusqu'à ma chambre, je recomposais les phrases, même les compliquées, s'il y avait une petite étoile à côté je savais qu'elles étaient importantes. Je tournais les pages avec hâte, qu'on ne me surprenne pas, ma lecture n'en était que plus troublante. Je lisais avec mon ventre. J'avais le trac, comme avant quelque chose d'important. *Sous leur éclat, les femmes ont un pouvoir semblable à la gravité des étoiles.* Je me suis demandé si papa n'avait pas écrit ce roman tellement l'écrivain, il avait l'air de connaître maman, la femme du livre *attrapée comme un animal fabuleux. Il lui arrivait d'être plus heureuse qu'elle ne l'avait jamais été et il semblait que ce bonheur ne lui était pas donné, mais qu'elle l'avait créé elle-même, l'avait cherché sans même connaître sa nature, avait renoncé à tout ce qui était moins important – même des choses irremplaçables – pour l'atteindre.* J'ai demandé du bout des lèvres s'ils connaissaient l'auteur, s'il habitait à côté et aurait observé maman avec des jumelles, mais non, c'était un Américain.

Ainsi je grandissais, pas seulement sur la toise, mais au travers d'êtres imaginaires devenus les meilleurs amis de mes parents, donc un peu les miens. À force j'ai bien senti que leur *bonheur parfait* n'allait pas, qu'il n'y avait pas que le titre de trompeur, le bonheur aussi. Comme maman ? Qui serait toutes les femmes tristes qui n'en ont pas l'air. Je me suis retenue de ne pas sortir de mon lit, descendre lui faire un câlin, j'ai compris que papa le ferait à ma place et j'ai pu m'endormir. Les phrases habitaient mon sommeil, rejoignaient des rêves dont on ne retient pas grand-chose, mais eux ils vous retiennent et la nuit n'est plus la même.

Pendant les vacances elle lisait pour nous trois et les petits déjeuners n'en finissaient pas. Un, deux, trois chapitres, papa et moi on descendait les pots de miel et elle avait le droit de parler la bouche pleine. *Les Nouvelles orientales* avec la femme emmurée qui continue d'allaiter son bébé et il boit son âme, dépassant un mur infranchissable. Je le croyais, tout ce qu'elle lisait je le croyais. Un été elle m'a réveillée chaque matin avec ce qui était devenu presque une formule magique. « Viens, ma Clémence, on va découvrir la poésie. » Elle en parlait comme d'un trésor ; le chemin à suivre, le tracé sur la carte de tant de livres à déchiffrer pour arriver à des coffres remplis de mots. J'étais suspendue à ses lèvres qui me livraient leur mystère. Après les poèmes elle restait silencieuse, on ne sait trop où, je sentais qu'il ne fallait rien dire, j'aurais voulu que papa soit poète pour qu'elle l'aime encore plus. Je ne sais pas si j'y serais arrivée, à être poète. En regardant beaucoup la nature, en la laissant me rentrer dedans, comme le disait maman ? Peut-être j'aurais essayé. Peut-être. Avec des mots d'adulte que j'aimais ne pas tout à fait comprendre, qu'ils restent une énigme, et on la tord, on l'étire, on la fouille, on devient son secret. Inaccessible. Exactement comme l'étoile d'une des chansons favorites de maman.

Telle est ma quête,
Suivre l'étoile,
Peu m'importent mes chances,
Peu m'importe le temps,
Ou ma désespérance
Et puis lutter toujours,
Sans questions ni repos,
Se damner,
Pour l'or d'un mot d'amour.

Suivre des mots inconnus, les suivre jusqu'où on ne devrait pas, et arrivé à leur hauteur être les jambes de phrases qui vous apaisent. Il y avait des livres dans toutes les pièces de la maison, même dans la cuisine, et pas des livres de recettes. Tous serrés, difficiles à détacher les uns des autres, je m'arrêtais devant presque sans m'en rendre compte. « Tu les retrouveras et je serai toujours là. » J'aimais qu'elle me le répète, je savais l'importance de ce présent. « Et un jour, ma Clémence tu auras l'âge de Mamoune, tu tourneras une page et cet instant surgira, parce qu'en ouvrant le livre tu reconnaîtras loin loin loin, entier, cet instant, où tu m'as vue y glisser un pétale. » Et tant de fleurs ! Des pétales de rose surtout, un brin de lavande, et la tête des narcisses bien à plat entre deux pages, ils m'attendraient entiers, et tant pis s'ils cachaient les mots, je n'y toucherais pas, ne les déchirerais pas. Également les feuilles de châtaignier et de lierre, les plus petites, les plus tendres. Elle laissait ses empreintes, pour y revenir plus tard, qu'elles deviennent miennes.

Seulement ça ne s'est pas passé comme ça.

C'est comment quand on est mort ? Trottinette perdue j'ai voulu apprendre la mort. À ce stade j'avais seulement attrapé la mort pour être restée dehors en plein hiver sans fermer mon blouson. À presque huit ans, j'avais appris à lire, à écrire, je savais maintenant soustraire, la mort je l'ignorais alors, on finit par l'apprendre par cœur, et par la savoir sur le bout des doigts. Notre instituteur savait lui aussi faire des mots un hameçon. Trottinette disparue il nous a dès le lendemain lancés sur « attraper la mort ». Je n'ai même pas levé le doigt et personne ne s'est risqué à me couper la parole. Debout, frémissante, j'ai sorti d'un trait : « Pour attraper la mort, on est bien obligé de la toucher. Moi je dis que c'est elle qui nous attrape, je ne l'aime pas ! » J'avais une idée de ce qu'était l'âme grâce à l'un des meilleurs amis de maman, Victor Hugo, et ses âmes à toutes les pages, Sésame, j'avais d'abord compris ! Perdre Trottinette m'a fait creuser le sujet et la terre autour de la maison au cas où elle se serait trop enfoncée dans un trou. Un dimanche matin je ne suis pas encore tout à fait réveillée et j'entends papa

« Je voudrais disparaître dans tes baisers. » J'ai déboulé dans leur chambre « Vous mourrez pas hein maman et papa, même quand vous serez très très vieux ? Vous m'attendrez. Il ne faut pas qu'il y en ait un seul qui meure ou ça fait trois vies mortes. » Je mélangeais tout, affirmant que le futur, c'est quand tous les humains seront morts ; je questionnais aussi : « On continue à vivre comment quand on est mort ? » J'hésitais un peu avant de prononcer « mort », ça paraissait risqué, finalement je me suis lancée :

— Un mort, est-ce qu'il peut attendre beaucoup d'années un vivant ? Si on se retrouve il faut que ça serve à quelque chose. Ça fait que les parents ils meurent mais on les a pas perdus dans la nature comme Trottinette. Vous m'attendrez même longtemps quand vous serez morts, d'accord ?

Maman a baissé les yeux, mais papa a opiné de la tête et il a tout sauvé.

— Oui, hein, papa. Grand-père Pierre, tu sais où il est dans le ciel ? C'est quand même grand. Faut qu'on arrive à mourir au même endroit tous les trois, qu'il y ait pas de cachette possible.

— Grand-père Pierre tu le sais il est avec nous.

— Mais où ? On la voit pas la fin du ciel. Il va t'attendre, tu crois ? Il pourra rester assez longtemps mort ?

— On va lui souffler un baiser. Choisis un coin du ciel.

— Il a pas de coin, papa ! Il est tout plat. Je vais souffler en bougeant la tête et le baiser il ira partout. Tu crois qu'il aime les tortues, grand-père Pierre ?

C'était obligé, les scientifiques – toujours eux – allaient trouver la méthode miracle, et ce ne serait plus un miracle, on arrêterait de mourir. Tout le monde ! C'est ça qui serait naturel. De grands docteurs devaient déjà y travailler depuis des années en secret, et ils n'avaient pas le droit d'en parler avant d'être sûrs ; ils y arriveraient avant que je sois vieille, et mes parents eux aussi vivraient, mais bon, si on voulait que Mamoune en profite, il fallait qu'ils se dépêchent, les grands docteurs.
J'étais encore un bébé, l'année où Mamoune s'est installée à côté de chez nous. Elle avait senti arriver la solitude et les articulations douloureuses, maman l'a poussée à se rapprocher. Pas qu'elles s'entendent tant que ça, « mais, soupirait la mienne, c'est ma mère ». Ça ne me dérangeait pas qu'elles ne soient pas d'accord sur à peu près tout, on sentait l'amour de toute façon, Mamoune nous resservait régulièrement une de ces phrases, « rassise comme son pain », tranchait maman.
« Mes enfants, grandir c'est renoncer. Tant que l'on veut tout, on ne peut qu'être insatisfait. La vie elle passe vite, pensez-y, le pire est toujours à venir. » Non, Mamoune, le pire est arrivé. Si on lui disait blanc, Mamoune répondait noir, s'échauffait à en être cramoisie, elle était capable de vous faire

la tête pendant des jours. On en reste l'estomac figé, sans arriver à se sentir tranquille alors qu'on n'a RIEN fait. Et elle raide comme SA justice, et sa fille de bientôt quarante ans le supportait de moins en moins. Dès qu'elles étaient dans la même pièce, on était sur un qui-vive papa et moi. Il observait que sa femme était comme la plupart des gens avec leurs parents et conseillait à maman d'arrêter de ressasser tout ce que Mamoune n'avait pas fait, de se concentrer plutôt sur ce qu'il restait à ne pas louper. Maman disait que Mamoune avait toujours été là pour les choses importantes et, si on considère que j'en suis une, normal que ma grand-mère soit venue s'installer ici peu après ma naissance. En plus elle s'entend très bien avec papa qui ne s'entend pas avec grand monde. Ce qui fait qu'on la voyait souvent et le grand copain de Mamoune aussi, Célestin. L'année de mes sept ans ma cousine de dix ans, Lise, nous a rejoints. Au début on ne savait pas combien de temps elle resterait, tout dépendrait du jugement de divorce de ses parents. J'avais entendu Mamoune dire à maman « Je ne lui donne pas tort à la mère de cette petite, mais de voir ton frère déboussolé à ce point… On regarde son enfant, on le trouve beau ou laid, fort ou faible mais tu verras ce qui rend malheureuse une mère c'est de le voir seul. » Pour se changer les idées, Mamoune a passé encore plus de temps avec Célestin, précisant chaque fois « En tout bien tout honneur. » Du coup on l'a rebaptisé « Entoubientou », le copain ! Sa peau à l'endroit de la nuque était aussi épaisse que celle de ma tortue, la regarder pouvait me faire monter les larmes aux yeux et je devais retenir ma main de ne pas le toucher là, j'aurais fermé les yeux, j'aurais retrouvé Trottinette. Mamoune et Entoubientou avaient un accord, il lui réparait tout du moment que ce n'était pas ses articulations, et elle en échange lui préparait ses repas. Il ne nous épargnait aucune colique, à quoi Mamoune l'arrêtait invariablement d'un : « Faut bien finir par quelque chose. » Chacun jouait sa partition. La fois où j'ai eu 2/10 à mon évaluation sur les polygones, papa ne m'a pas disputée, il m'a prise sur ses genoux et a parlé d'Entoubientou. Sa vie pouvait être belle à écouter, mais elle avait été rude à vivre, et peut-être que l'ami de Mamoune il les aurait aimés, les polygones, pour ne pas être à la loue à l'âge où j'entrerais au collège. Il continuait de se méfier des grêlons pour toutes les fois où gamin, se louant dans les fermes, les grêlons lui martelaient le dessus des mains, seul moyen de protéger son crâne, les grêlons lui tombaient dessus si brutalement, « gros comme ton poing, m'assurait-il, de quoi assommer un gosse », il n'avait aucun abri et ses mains étaient bleues d'ecchymoses. Ses souvenirs sortaient tous de la nuit.

C'est Entoubientou qui m'a appris à reconnaître la neige avant qu'elle tombe, à la renifler, l'air en est plein, on en perçoit l'odeur la première. Si le vent s'en mêle, les tempêtes peuvent être redoutables. Des tourmentes. Voilà un mot qui me plaisait. À tous les contes je préférais les histoires d'Entoubientou, elles rendaient mieux triste. Autant dire que je suis devenue une as en géométrie. Quand il me voyait faire mes devoirs chez Mamoune, il disait que ça le rendait heureux des gosses qu'ont vraiment une vie de petiot, qu'une bonne chose comme celle-là personne n'avait le droit d'y toucher, il me répétait chaque fois de bien apprendre.

« Ça rattrape, va, pour un comme moi qu'a à peine passé la porte de l'école. La porte de pas grand-chose. » Son rire troué alors... et pas seulement parce qu'il lui manquait des dents.

Mamoune ne digérait pas de devenir vieille. « Vu où ça mène... » Et c'était parti, son sujet favori, elle aimait bien ça, parler de mourir. « Le cimetière, tu parles d'une résidence secondaire. C'est l'embouteillage. La terre a le ventre plein mais elle a toujours faim. Le caveau de la famille est complet, il ne m'aura pas. Vous n'aurez qu'à balancer mes cendres, j'ai jamais voyagé, c'est l'occasion, le vent me promènera, autant voir du paysage si elle existe leur éternité. » J'avais proposé de fermer le ciel, aucun mort ne pourrait y entrer et Mamoune resterait avec nous. Elle est encore là. Mais ça n'a pas vraiment marché mon histoire.

Elle n'en faisait qu'à sa tête. Entoubientou pas encore remis d'une énième colique, elle cuisinait quand même son rôti de porc aux pruneaux parce qu'elle l'avait décidé et lui mangeait les pruneaux. Elle ne le ratait pas, le copain. Il changeait de coiffure ? « Tiens on ramène les embusqués de l'arrière sur le front. » Un menton pas net ? « Se raser, c'est la punition des hommes. » Elle me captivait sauf quand elle parlait d'amour. « Dans le mariage ma petite faut pas trop faire le tri, commencer à réfléchir. C'est bien, le flou, on est moins déçu. T'as vu les mouches ? Eh ben l'amour c'est pareil, il peut aussi bien se poser sur une merde que sur une fleur. » Elle avait dû faire avec l'amour la même chose qu'avec sa baguette congelée coupée net du tranchant de la main, d'un coup. Mais il était si doux le bout de ses doigts, de la farine et du beurre de toutes les pâtes pétries. Son gâteau aux pommes fameux, ma part ne tenait jamais dans mon assiette, et en plus je pouvais me resservir. « J'ai ouvert une porte, maintenant tu entres et tu prends ce que tu veux. » À sa table une seule chose comptait, qu'on dé-vo-re. « J'ai eu faim dans le ventre de ma mère, j'ai enterré tous mes frères, j'en ai vu assez. Et maintenant tous ces jeunes et pas de travail ? C'est presque pire que la guerre, c'est pas naturel. Ce chômage de misère, il tue les gens. » À partir de là elle mélangeait tout. Maman s'énervait et nos assiettes restaient pleines, Mamoune était toujours ma grand-mère mais en moins bien. « Les Arabes, les Noirs et les Chinois, c'est pas des hommes comme nous, tout est cher, il n'y a qu'eux qui ne valent rien. La terre s'y met elle aussi avec des poireaux minables, une salade maigrichonne et les fruits ; ils ne savent plus comment pousser, sont plus durs que ma caboche. » Mais elle les préférait encore à une sorte de légumes bien trop mous : les présidents de la République ! Ils changeaient mais elle les appelait tous de la même façon : « Lasaloperie ». Elle écoutait les informations et après elle allait dans son potager se calmer, arracher de bon cœur les mauvaises herbes. Maman, elle, s'occupait des fleurs, en chipait une au passage pour ses cheveux, la fleur finirait entre ses seins ; elle avait un décolleté comme un jardin, on aurait dit que le printemps débordait d'elle. Elle rêvait d'avoir là contre sa peau un edelweiss, affirmant qu'elle ne mourrait pas sans cette sensation, et ça n'avait rien de triste quand elle le disait.

Je n'étais pas censée tout entendre, comme je n'étais pas censée remarquer l'urgence avec laquelle parfois mes parents m'expédiaient au lit ; dans la foulée maman chaussait ses talons. De mon lit leur claquement sur le parquet me le disait, me tenait en éveil, de reconnaître aussi le rasoir électrique de papa. Et après ce silence dans la maison, il disait tout. Je ne me serais relevée pour rien au monde. Ne pas franchir la limite où ça y est on n'est plus un enfant, et pour cette raison, quoi qu'on en dise, quoi qu'on fasse, c'est si important de le rester. Au moins pour ses parents, on est encore leur enfant, et on se sauve en quelque sorte de soi-même. Ça dure rarement plus d'une seconde mais on a aboli un futur qui s'enfuit déjà, l'enfance demeure, on s'accroche à une grâce, à une insouciance, on se la raconte. Ce qui nous a été donné d'innocence. Et nos parents ne sont plus imparfaits, ils redeviennent les géants que l'on a crus, auxquels on a cru, dont un petit a besoin pour grandir sans colère, sans rage, sans chagrin. Mais il grandit l'enfant, et bientôt il atteint la même taille que sa mère, son père. Il les dépasse, et il leur en voudra de n'être rien d'autre que ce qu'ils sont, que ce qu'il sera.

Je sais moi le mal que peut faire tout ce que l'on ne sera pas.

L'arrivée de ma cousine chez notre grand-mère a éclairé bien des choses. Lise a répondu à des questions que je ne me posais même pas. Mes parents auront beaucoup commenté l'énergie de ma cousine. Elle en était fatigante à s'agiter sans arrêt, avec quelque chose de furieux dans chaque mouvement ; « dominée par ses nerfs », soupirait maman. Elle et papa ont toujours affirmé que c'était important de s'ennuyer, d'en être capable, l'imagination travaille, elle vous donne une acuité, une densité ; même s'ils avaient du mal à rester en place, elle avec ses maisons vides, lui avec des devoirs qui n'étaient pas les siens.

Je n'avais pas envie de rattraper les trois années qui me séparaient de Lise. J'avais une maman un poil obsédée par le temps qui passe, comme si elle n'en revenait pas de ne pas s'être rendu compte qu'elle avait arrêté d'être jeune. À bientôt quarante ans, la jeunesse était derrière. Irrattrapable. Elle n'y avait pas pensé quand elle l'enlaçait tous les jours. « Mange-la à pleines dents, ma Clémence, quand elle est là, autrement elle mord. » Quant à Mamoune, elle aurait ôté à n'importe qui l'envie de grandir si à un moment c'était pour devenir vieux. Elle s'en fichait des rides mais pas de ses organes qui s'usaient « comme des vêtements qu'on a trop portés sauf qu'eux, expliquait-elle, on ne les raccommode pas ». Est-ce que ce serait possible de devenir aussi vieille que ma grand-mère ? On me répondait que j'avais tout le temps d'y penser.

Maman a toujours eu un peu de mal à aimer vraiment Lise, du coup elle lui préparait des piles de crêpes, que ma cousine adore, faire quelque chose pour elle quand même, et ça lui permettait de rester derrière la gazinière tout le temps où ma cousine était à la maison. Chez Mamoune, Lise se remplissait le ventre de pain, uniquement la croûte, elle n'en avait jamais assez ; la mie elle la triturait, la roulait, on aurait presque dit qu'elle la massait et à la fin elle l'aplatissait. Puis hop pour les oiseaux, ils se régalaient. Mamoune maugréait que son jardin n'était pas un parc ornithologique et on rigolait, Lise très fort comme si elle devait rire à tout prix. Elle m'a raconté sa mère, ce n'était pas triste et pas rigolo. Bien plus qu'à sa fille ma tante aura parlé à ses trois chats, Goldorak, Candy et Nutella. Elle faisait des listes pour tout, même pour penser à emmener ma cousine à son entraînement de foot le samedi. Sa mère aimait l'ambiance des stades, s'asseoir dans les gradins en attendant les cartons rouges. Du coup elle a mis au foot sa fille, qui refusait obstinément de taper dans un ballon. Score immuable : une mère persuadée qu'il aurait mieux valu pour tout le monde qu'elle ait un garçon. Et ma cousine, elle serait où ?! Mamoune résumait tout bas mais pas assez : « Ma belle-fille est du genre à s'inquiéter que sa fille ait un rhume de peur qu'elle le lui refile. Vous voyez le tableau, ça fait pas des chefs-d'œuvre. »

Le mercredi soir je dormais chez notre grand-mère, j'avais la nuit avec Lise. Avant, Mamoune nous faisait couler un bain, on aurait aimé le prendre ensemble mais notre grand-mère ne voulait rien entendre, et on devait laisser la porte entrouverte, elle s'inquiétait de la buée qui laisserait des traces sur son miroir. On voit d'où venait la pathologie d'une avec son ménage et le rangement. Chaque semaine on tirait au sort qui entrerait dans le bain la première, je préférais après Lise. Savoir qu'elle avait été là et moi j'y étais, à souffler sur la mousse qui restait. Lise avait eu cette idée avec les roses, leur tige, elle en cueillait une, la planquait sous sa serviette, elle en ôtait bien les épines, la chose qu'elle faisait avec me ferait encore rougir. Je me suis demandée si ne pas avoir ses parents pour s'occuper de nous fait qu'on a ces idées. La tige, elle la plantait tout doucement, entre ses lèvres, celles d'en bas qui étaient toutes neuves. Quand même, on aurait pu leur donner un autre nom, en inventer un différent.

Assise dans le bain, je penche mon visage, j'ai les cheveux relevés pour ne pas les mouiller, j'approche yeux grands ouverts de l'eau trouble, encore chaude, j'enfonce mon front, mon nez, ma bouche, je tire, tire sur mon dos, mes os, je fais doucement, et je pense très fort à une rose plantée là. Mes yeux se sont fermés. Et mes cheveux sont trempés.

Il y avait les roses de Lise et il y avait le grand duc. Avant d'aller à l'école le jeudi matin on cherchait ses pelotes de réjection pleines des os de petits animaux dévorés, « pleines de mites oui ! » tempêtait Mamoune et elle nous interdisait d'entrer avec dans la maison. Du lit, on l'avait écouté ululer – le grand duc, pas Mamoune –, on ne s'endort pas quand la nuit vous parle. Pour notre récolte, on avait notre cachette dans le renfoncement du muret où maman s'asseyait avec ses livres. Dès qu'elle le pouvait, Lise faisait collection de ses pelotes et si je voulais lui faire plaisir je lui laissais les miennes. Ma cousine était en avance pour certaines choses, mais pas en classe. Elle était de loin la plus âgée des CM2. Je faisais mes devoirs seule et elle, papa devait souvent l'aider. Pour la dernière rédaction avant les grandes vacances, notre maître nous a demandé de décrire une personne proche. Chaque fois l'élève rendant le meilleur travail le lisait après à toute la classe. J'avais choisi Entoubientou, espérant le consoler de son enfance douloureuse, mais la meilleure rédaction a été celle de ma cousine même si mon père s'est arrangé pour qu'elle ne nous la lise pas.

Description d'une personne proche.
C'est un homme. Il a de beaux yeux verts. Il a un nez avec une bosse mais pas trop laide. Et la preuve, il a un grain de beauté, de loin ça fait un point près du menton mais c'est pas un bouton. Il a un magnifique sourire quand il est content. Sa taille fait 1m91, il est le plus grand que je connaisse. Il a 42 ans. Il a des cheveux de la même couleur qu'un écureuil. Il porte des pantalons en velours même l'été. Il se trouve élégant avec et il a raison. Et une ceinture toujours marron. Il n'a pas de montre. Il aime surtout les couleurs vives comme le tableau de Henri Matisse qu'il nous a demandé de copier avec nos feutres. Il est très gentil. Très. Des fois aussi il est sévère, il veut qu'on

apprenne tout ce qu'on sait pas encore. Il aide beaucoup les élèves, il est toujours dans la classe quand on arrive sauf une fois quand il a été malade et j'ai eu un peu mal. Il n'aime pas les abréviations comme géo mais on dit géographie. C'est lui et personne d'autre que j'ai envie de décrire. Qui est-il ?

Silence, pas dans la classe mais dans la pièce en bas – parce qu'évidemment on m'a mise au lit –, puis la voix de maman, un peu moqueuse, un peu agacée.

— Il faut bien qu'elle fasse son œdipe cette petite. Son père n'est pas là, tu fais l'affaire.

— Je mets quoi à « observations » ?

— Je ne sais pas, que c'est bien observé !

— C'est la meilleure rédaction mais je ne peux pas la laisser la lire. Je ne vais quand même pas la sous-noter.

— Tu n'as qu'à en noter une autre ex æquo. En plus tu feras plaisir à quelqu'un. Et tu diras que vous manquez de temps pour les lire toutes les deux.

— En bas de la copie, je vais quand même ajouter « merci pour ce portrait ».

Je me suis répété le mot edip, edip, edip, edip, edip, edip, edip, edip, edip, edip, edip, pour pas l'oublier mais le lendemain pas facile de le trouver dans le dictionnaire, heureusement on venait tout juste d'apprendre le e dans l'eau. J'ai lu, je n'en suis pas revenue, elle exagère la mythologie ! Lise aussi. Un enfant, il ne peut pas être que du malheur.

Nous étions à la moitié des grandes vacances, dans deux semaines j'allais avoir huit ans. Le lac s'était réchauffé, sa température avoisinait les 18 °C, on y passait nos après-midi, Lise, maman et moi, et pour le goûter on avait même droit à des chips ! On pouvait compter sur Lise pour contrôler les portions de chacune à la chips près, au point que maman la trouve mesquine ; dès qu'il s'agissait de manger ma cousine s'inquiétait d'être la mieux servie, calculant déjà le nombre de bouchées qui pourraient lui échapper. « Une boulimique et mince comme tout », avait l'air de regretter maman. Papa, lui, parlait de mémoire archaïque inscrite dans notre sang ou dans nos gènes, quelque part en tous les cas et qui nous constitue, héritée d'avant nos parents, elle peut sauter des générations et trouver un chemin jusqu'à nous.

Ce n'est donc pas si insensé de traverser l'éternité.

Après les chips, on entrait maman et moi dans la vase, Lise préférait rester à la lisière d'une eau qu'elle trouvait trop verte et bien sombre, elle répugnait d'y mettre le bout d'un orteil, se révoltait. « Tout ça pour récolter de la vase sous l'ongle, merci ! » Ce qu'elle préférait, c'était marcher pieds nus sur les galets autour du lac, cherchant les plus lisses, les bien bombés, puis allongée sur une pierre suffisamment plate cette fois, elle en posait quelques-uns encore tièdes sur son ventre, plus immobile que le lac. « Celui-là ne fait pas de vagues, on n'a pas besoin de lui courir après », blaguait Mamoune. Il me donnait l'impression de le déranger dès que j'y entrais, il se plissait, et si un petit vent venait il frissonnait autant que moi. Immergée jusqu'aux oreilles, j'avais des brassées vives comme pour écarter le froid, le fuir en avançant. Le lac derrière reprenait vite son air insondable. Peut-être encore plus profond, plus obscur après que nous en avions remué la vase. Je fixais la nuque de ma mère, ses épaules, ce sont d'elles que mon père est d'abord tombé amoureux. Just, que préférerait-il de moi ? Que me réclamerait-il quand je serais une femme ? Je ne me le formulais pas exactement ainsi mais je m'en posais, des questions. Chercherait-il jusque dans mes cheveux l'odeur du lac comme papa avec maman au retour de nos bains ? Plus on s'éloignait du bord, plus l'eau était pure, devenait froide. « Au centre du lac, c'est là que l'on devient douce même dedans », m'encourageait maman ; là que l'on se couchait dans l'eau, le visage aimanté par le soleil. À le regarder on en oubliait de frissonner. Bientôt on nagerait dans la Méditerranée, notre semaine annuelle. Rituelle. Et cette fois elle comptait bien m'entraîner le plus loin avec elle, que je ressente moi aussi cette paix à se détacher d'un rivage, avancer encore, rejoindre le soleil, suivre à la surface la lave d'or ou d'argent selon l'heure et la lumière. « Être seule et cernée d'infinis, ma volupté majeure », elle l'affirmait, et à ces mots plongeait immanquablement son visage dans le lac où pas un rayon de soleil ne se serait risqué. Rien ne m'aurait empêchée de la suivre, je redoutais et attendais ce moment, mes mâchoires se contractaient, on y était, dans le ventre du lac, une myriade d'impacts glacés enserraient mon front, mon crâne. « Tu sens, ma Clémence ? La peau est bien plus vivante. » À remuer la tourbe, bousculer les bulles, elle faisait d'une baignade une légende.

Avec Lise, le lac se jouait sur les bords. D'abord l'hermine. On pouvait rester une demi-heure à attendre qu'elle pointe une tête bien laide, en plus elle nous snobait. De la savoir cruelle et même sanguinaire me donnait une envie d'elle saignant ses victimes, n'en mangeant que les meilleurs morceaux. Lise me l'assurait, de là venait son privilège d'être la fourrure des rois. Ma cousine parlait de la capturer, de l'étouffer, d'en faire une toque, portée à ras des yeux et on ne verrait plus qu'eux. Je découvrais qu'elle pouvait être aussi belle que maman, en éprouvais un pincement. Une fois l'hermine disséquée sous toutes ses coutures, on s'éloignait, jusqu'à ne plus être en vue de maman, allongée avec un livre sur un rocher en plein soleil et tant qu'il lui tournerait autour elle ne bougerait pas.

Pieds nus, fardant nos talons de la fine poussière des pierres nous partions Lise et moi en quête de nouvelles réjections. Le lac attirait les grands ducs et leurs pelotes pleines d'animaux dévorés. Pas plus grosses que notre poing d'enfant elles contenaient un tas de plumes, de poils, d'os minuscules, de coquilles, de dents, surtout des molaires de rongeur, et quand on trouvait le crâne entier d'un petit mammifère c'était fête ! Bien sûr je redoutais toujours un peu de reconnaître un bout de Trottinette. Heureusement, même une rognure d'ongle verni n'aurait pu m'empêcher de croire à son invulnérabilité. On détaillait notre trésor, décortiquant notre récolte de pelotes, patiemment, précautionneusement, extirpant les restes de squelettes, de quoi recomposer un être entier, notre œuvre.

Nous avions une autre manière d'explorer l'anatomie. Dans notre grand lit les mercredis soir chez Mamoune, après le bain, on s'observait là aussi longuement, remontant nos chemises, le souffle court, les yeux captifs, un petit soleil logé où nos regards se posaient. Avec la peur que la porte s'ouvre. On descendait dans le lit sous le drap, on embarquait la lampe de chevet, on aurait pu déclencher un incendie, et certainement on a allumé quelques flammes, c'était une fournaise là-dessous. Toute la semaine, j'attendais de me pencher sur Lise, poser mes lèvres sur ses autres lèvres pendant que sa bouche me réclamerait d'appuyer plus fort, elle me guidait, me tenait le nez écrasé contre les quelques fils dorés à peine poussés là ; tout était si lisse encore à l'orée de ses cuisses. Ce n'était pas le fouillis flamboyant de maman, tout ce qui restait caché derrière et aurait pu m'engloutir. Cet été-là au bord du lac, poussant l'exploration plus loin, nous avons Lise et moi parcouru l'inavouable. Cachées derrière un rocher, énorme granit échoué jusqu'au milieu des prairies, on était plus silencieuses que le silence, le même que dans la chambre de mes parents. Une fois alors qu'on la rejoignait j'ai bien vu que maman paraissait bouleversée, et plus du tout à sa place sur sa pierre plate. Elle n'a rien dit. À moi, elle n'a rien dit. Juste avant nous étions ma cousine et moi collées l'une à l'autre, debout, on se frottait, se pressait, échauffées et sérieuses, concentrées sur quelque chose d'inconnu à atteindre, si proche et tellement pas, si nécessaire soudain.

Pour ne pas en être confuses, gênées, on se l'est tu. Ou comment oser ? Il n'y avait rien à dire, on ne se désirait pas, on désirait le désir. À rester immobile contre la roche, Lise en avait le cou et le décolleté marbrés de rouge. Son bras levé tentait de la protéger, faisait une ombre, quand je glissais vers une autre, abandonnant le reste à l'astre voyeur, il fondait sur nous un embrasement. J'enviais Lise d'être visiblement prise, touchée par tout et partout, je me frottais vivement, encore plus fort, durement, à ce qu'elle était.

Nous étions deux gamines touillant le fond d'une eau calme, jusqu'à en faire remonter le soufre, attendant d'une bulle qu'elle éclate.

Je suis morte il y a seize ans, le jour de mes huit ans. Depuis, je vis dans la tête de mon père. Dans sa pensée. Là, je continue d'être. D'être l'enfant de mes parents, d'être leur plus grande joie et leur tourment. D'être la jeune fille que mon père ne peut s'empêcher d'imaginer que je serais. Je suis là encore. De la même manière qu'avant ma naissance j'ai vécu dans le ventre de ma mère. Tout ce qu'elle ressentait je le ressentais, et maintenant c'est la même chose mais dans l'esprit de mon père. Et aussi tout ce que j'ai ressenti, vécu et même imaginé, il l'éprouve jour après jour, il ne me quitte pas, ainsi je ne l'ai pas quitté. Ce qu'il pense, je le pense, je vois ce qu'il voit, mon existence pendant huit ans, reconvoquée et certainement aussi remodelée, refaçonnée telle que lui l'aura observée, décortiquée, telle qu'il la suppose, l'a retenue. Mes huit années, elles sont là, elles ont pris toute la place dans sa tête, depuis seize ans, dès cet instant où j'ai cessé de vivre, il m'a inventée sans relâche vivante encore, à toujours, comme ne l'a pas écrit leur cher Racine.

Ma fille, qui s'approche, et court à son trépas ;
Qui, loin de soupçonner un arrêt si sévère,
Peut-être s'applaudit des bontés de son père.

À mon tour j'ai grandi dans ses pensées, tout ce qu'elles m'apprennent, grâce à elles je continue, quelque chose, que j'aurais voulu être, quelqu'un aussi que j'ai été. Tout ce qui m'a traversée s'est installé en lui, et tout ce qui le traverse me saisit. Sa volonté est de me retenir à bout de sanglots. Elle ne se résout pas sa volonté à faire sans moi, et elle est un îlot, le contraire d'un abîme, se répète-t-il, parce que mon père refuse que je sois morte. Et dans ce bras de fer, il y met toutes ses forces, il sait bien qu'il ne l'emportera pas, il se le dit, me le dit sans cesse mais comment m'abandonner au passé ? Il faudrait abandonner ceux que nous avons été. Ce n'est pas sur une feuille blanche qu'il m'a dessinée, comme il y a longtemps sa grande fille a voulu garder une tortue ; il ne me tient pas dans sa main mais en lui, partout. Par tout. Il est cet homme orphelin de son enfant et qui s'en défend. Il se raconte l'histoire de sa grande fille défunte et qui veut être encore. Ça le submerge, il est lui et c'est moi. Que sait-il au juste ? Il me laisse prendre le contrôle et je suis vivante. Absolument morte mais vivante. Il ne m'a pas laissée le quitter. Partir loin d'eux, mes parents, ailleurs ; il ne l'a pas voulu, n'a pas pu tout à fait la laisser faire, la mort qui est passée par là. Quelle plus grande présence que celle qui nous hante ? Rien ne peut l'abîmer. Je me souviens de tout.

Je reste avec eux, et même jusqu'avant ma naissance, dès cet instant où ils se sont trouvés. En donnant la vie on oublie tellement qu'elle n'est qu'un prêt. Et lui il veut continuer de l'oublier quand chaque seconde le lui rappelle. Mes souvenirs ont ma voix d'enfant que je n'arrête pas d'être, ils se sont logés telle une balle dans la tête d'un homme, et il ne tombe pas ; ma mort et lui se tiennent en joue depuis seize ans, il l'abrite et elle ne l'achève pas. Je ne sais pas ce qui nous attend, je sais que chacun de mes anniversaires est un risque, tout se bouscule encore plus dans nos mémoires siamoises. Le 8 couché c'est l'infini. C'est moi. Sauf que je ne les ai pas eus mes huit ans et que la nuit bientôt tombera sur mes vingt-quatre ans que je n'aurai jamais.

Une fois encore mon père brasse et tentera d'embrasser tout ce qui a été, aurait pu, ne sera. Il en a fait une pâte à modeler aux formes cauchemardesques et merveilleuses. Il distord, malaxe, étire, compresse, et on tient debout. Finalement c'est lui l'inventeur de temps. De tant.

Seize ans qu'il me raconte. La maison de mon enfance, tout un monde entre éclaircies et orages. Nous sommes les saisons et la rosée, les couchants et l'allégresse d'un ciel. Mon père est resté instituteur, ma mère est restée. Avec eux, avec nous, les autres que j'aimais, que j'aime. Tous ont leur place fragile et vaste. Just, le beau jeune homme, Mamoune bien usée, et Lise. Elle a vingt-sept ans maintenant, elle va avoir un enfant. Papa pense que c'est Just le père. Moi, je ne pense pas.

Mon père n'a jamais cessé de m'appeler « grande fille ». Comme si à la fin cela pouvait arriver. Leur clémence je l'ai été une poignée d'années, celles où mon père choisit de nous emmener tous les jours. Cet avant, nous trois. Et jusque dans cet avant avant, eux deux, Alexandre et Rosalie Sauvage, certains déjà de devenir mes parents.

Il n'y a que Mamoune pour conjuguer tout au présent. « *De mon temps*, ça veut dire quoi ? Le temps il appartient à personne. Le temps il passe et c'est tout. On ne sait même pas où ! Et nous on finit en compote. Il n'y a qu'une chose à faire, lui couper le derrière et le devant à ce salaud. Ce n'est pas pour rien qu'on prie au présent. Essayez le *Notre-Père* et le *Je vous salue Marie* au passé ou au futur, c'est de la rigolade. » Elle m'éduquait à sa façon : « Y a une chose à te mettre dans le crâne ma mignonne, le présent. La vie est pas rose et pleine des épines de notre Sauveur. Elle te laisse pas décider grand-chose, va, sauf de pleurer. Tu prends ce qu'elle te donne et puis c'est tout. Les rouspétances et le désespoir font qu'ajouter au malheur. » Ce que j'avais retenu du raisonnement de Mamoune ? De ne pas trop me casser la tête avec la conjugaison !

Mes parents auraient zéro au présent, ils n'arrivent plus à l'accorder, à se l'accorder. Leurs yeux se posent souvent sur une phrase, une particulièrement, elle les aide, ils ont besoin d'aller la relire, à force le livre s'ouvre directement à cette page. *Quand elle a cessé d'être, la moitié du souvenir a cessé d'être également, et si je cesse d'être alors tout souvenir cessera d'exister. — Oui, pensa-t-il. Entre le chagrin et le néant, je choisis le chagrin.* La phrase de Faulkner ils la connaissaient, je n'étais pas née, elle s'est inscrite en eux tant dans sa noirceur elle leur a paru lumineuse. Et un secours, ils ne savaient pas pourquoi, pour quand, ils savaient qu'arriverait le moment où ils se tourneraient vers elle. Continuer d'aller la chercher dans ce livre alors qu'ils la connaissent par cœur les apaise, enfin non... ils ne peuvent pas être apaisés, ils la relisent – jamais ensemble mais ils ne l'ignorent pas tant ils s'épient dans le tourment –, pour être sûrs qu'elle est là, à quel point elle dit vrai, et c'est obligé de faire pareil. Dans ces mots, il y a leur raison.

Pour ma grand-mère, c'est davantage dans la quinzaine de coups de brosse quotidiens presque brutaux, tête penchée, en venant à bout de ses nœuds, à la fin une poignée de cheveux dévitalisés à la poubelle. Elle a continué d'élever ma cousine. La vie est passée, la mienne a passé. Et dans leur chagrin à tous, j'ai grandi au point de prendre toute la place, sanctuaire silencieux que sont ceux partis trop tôt trop vite.

La mère de Lise n'est finalement pas revenue la chercher ; « décampée avec je ne sais qui », répète à l'envi Mamoune, elle n'épargne pas non plus son fils dont le métier, dit-elle est d'abord « de ne pas être chez lui ». Il consterne sa mère en n'ayant rien trouvé de mieux à faire que vendre des livres. « Même pas quelque chose d'utile, les bouquins servent à rien qu'à être malheureux. À vous faire croire page après page que votre vie est pas grand-chose. Et même si c'est vrai ! Faudrait payer pour ne pas l'oublier ? Et s'y abîmer les yeux en plus ! » Elle ne digère pas qu'ils soient pleins d'histoires d'amour. Son discours n'a pas varié, Lise a encore régulièrement droit à quelques précisions dont tout le monde profite. « Il faut le savoir, ma jolie, l'amour idéal c'est du vent, on se les avale les déceptions. C'est LA désillusion, même pas besoin d'en avoir plusieurs, elle est tellement grande. Je t'aime et alors ? Que dalle. Vivre ensemble, pffffff, rien de drôle et drôlement difficile. Ah elle est belle, la pagaille des séparés ! Mes parents qu'ont jamais lu un livre, ils ont fait comme leurs bêtes avec la charrue, ils avançaient pour que ça avance, c'est tout. Et au bout du compte c'était beaucoup. » À un moment elle s'emballe, elle a essuyé des ravins de larmes, Mamoune, elle a enterré onze frères, elle ne voit plus son fils et a vu sa fille ne plus se ressembler. « C'est difficile et c'est long de faire de son enfant un homme ou une femme. Ça dure toute une vie de parents et c'est pas encore assez. » Les mêmes mots se bousculent dans sa bouche restée belle, violette de toutes les mûres, affirme-t-elle, dévorées à même les ronces de sa jeunesse. Les varices ont progressivement recouvert ses jambes, déjà elles nous impressionnaient, on ne les quittait pas des yeux Lise et moi quand elle mettait ses bas alors qu'on petit-déjeunait, elle a finalement porté son premier pantalon à quatre-vingt-dix ans. Elle continue de marcher par tous les temps, de se foutre des flèches de pluie qui piquent les joues et le front si on ne baisse pas la tête, et elle ne la baisse pas. Les pâtures sont une mer de gadoue ? Elle sort quand même, « pour entretenir la machine ». « La météo un coup ça rigole, un coup ça pleure. Comme le reste. On va pas la laisser faire. » Les congères s'accumulent ? Poussées par le vent, un bloc infranchissable pour tout autre. Et quand vraiment ce n'est pas possible, que la tourmente la séquestre, elle marche chez elle. « Il fait des kilomètres mon salon. On a assez de brouillard dans la tête pour le laisser dehors. »

Dans la tête de mon père il y a une meurtrière. Je suis là.

Ils ne nous quittent pas les premiers souvenirs. Il y a cette photo, je n'ai pas cinq ans, je porte une cagoule rouge, il me semble sentir encore comme elle me grattait, mes doigts ne cessaient de tirer dessus pour écarter la laine de mon menton. L'obsession de ma mère – une de plus : que je prenne froid. Ah sa fierté irritante à constater que sa fille était la seule de la classe à ne pas s'enrhumer. Il aurait fallu remercier la cagoule tricotée par ma grand-mère, on me le répétait assez, difficile de faire exprès de l'égarer. Fixée pour l'éternité sur cette image, on remarque le col de mon manteau qui passe dessous, afin d'éviter le contact avec la laine, toujours ça de gagné. L'Aubrac il y a vingt ans réservait des hivers redoutables, ils nous débarrassaient des larves qui désormais l'été pullulent. Et Mamoune de ronchonner « On les a mises là, faut pas se plaindre. » Les grands froids manquent et bientôt les vaches resteront dehors toute l'année, on n'aura même pas besoin d'enduire de graisse leurs mamelles pour tirer le lait. Ce que j'ai pu entendre mes parents râler de la marchandisation de la terre, bien plus mal en point que ce qu'ils craignaient alors. Ils s'inquiétaient à voix pas assez basse de ce qu'elle nous réserverait à mes enfants et à moi. Voilà au moins une inquiétude inutile, la Terre peut s'arrêter de tourner et l'enfant de Lise rejoindra les miens.

Ce jour de la photo, de gros flocons finissent de fondre sur ma cagoule et sur mes joues ; ils y laissent des traînées cristallines plus légères que des larmes. La neige tombe dru. Un autre mot qui me plaisait, comme si la neige en était plus vivante, plus endurante, et c'est vrai en quelques minutes elle devenait tous les paysages ; une nuit froide là-dessus, un matin de soleil et on glissait sur un sol endiamanté. J'aurais voulu que personne ne s'y risque, qu'il reste pur, je m'émerveillais de sa parure. La terre en semblait épaissie, soulevée, elle avait, trouvait maman, « quelque chose de la volupté majeure à s'enfoncer dans la mer ». Ce n'est pas une question d'enfance l'émerveillement. Ma mère battait des mains bien plus que moi, repérant leurs possibles dans toutes les intensités qui s'offraient. Le ciel gercé de roses, le jaune d'or des œufs mangés coque le dimanche soir, un rouge-gorge familier, cette sève de la nature au jour le jour, sa puissance des commencements. Et bien sûr lorsqu'elle lisait à voix haute les phrases de livres qui la soulignaient elle, la débusquaient dans son remue-ménage intérieur. Ses yeux s'embuaient, elle n'aurait pu dire un mot de plus, elle était ce qui la bouleversait. On avait l'habitude, quelques secondes et elle rirait, rétablirait l'équilibre. L'extraordinaire ordinaire personne n'aurait pu l'y précéder, elle le détectait, s'y arrimait comme à un mât à travers les tempêtes. Elles étaient souvent plombées ses phrases étoilées ! J'en retenais un quelque chose qui me contraignait, aurait pu m'oppresser mais d'un geste mon père nous en défendait en lui claquant les fesses à maman toute folle ! Aussitôt elle s'ébrouait après nous avoir jeté à la figure son trop-plein d'émotion. Elle vous donnait l'impression de prendre le jus à trop s'approcher d'elle. Elle était la lumière, seulement attention aux plombs qui sautent.

Ma cagoule et moi nous roulions vers la vallée, vers cette photo d'une gosse à son premier cirque, premiers acrobates, premiers jongleurs, premiers clowns, premiers trapézistes, premiers grands fauves, chapiteau annoncé à grand renfort d'affiches, il y en avait presque autant que de flocons de neige. Bien plus qu'une fête et sa parade, j'allais découvrir un monde, l'Inde avec le tigre du Bengale, l'Afrique, ses éléphants, la Russie et sa contorsionniste, la Chine avec les trapézistes et l'Amérique, son lanceur de couteaux, enfin l'Arabie domptant ses serpents. Jusqu'à la veille du spectacle j'ai craint que la neige ne nous cloue à la maison, je me bouchais le nez pour ne pas la sentir arriver. Quoi que l'on fasse dès qu'elle commence à tomber on se précipite, elle vous fait lever les yeux. Même en classe on avait le droit de quitter sa place, de se coller à la fenêtre. J'attendais de rentrer pour une de nos parties de boules de neige avec papa et maman. J'ai encore besoin parfois de les appeler papa et maman. Si votre enfance n'est pas un jeu de massacre aucun mot ne vous fait plus de bien. Je les ai tant et tant de fois dits sans réfléchir ces deux petits mots-là, sans mesurer la chance de pouvoir les dire. Certains ne les diront jamais, certaines d'un coup ne le pourront plus. Le malheur tout nu, et toi tu as six, huit ans, tu comprends ce que nul enfant ne devrait comprendre, que tu ne la reverras jamais ta maman et qu'un mot un seul peut t'écorcher vive parce qu'il ne passera plus tes lèvres et ne sortira plus de toi.

Est-ce qu'en bon trapéziste on peut rattraper l'amour ? Ou on tombe sans filet ? Ah sous le chapiteau il y avait aussi un illusionniste, de je ne sais plus quel pays. Je suis assise au premier rang, les pieds dans la sciure qui tout à l'heure va nous sauter au visage. Nous c'est Just et moi, les manches de nos manteaux se frôlent, mon genou cherche le sien et j'éprouve mon premier trouble de grande amoureuse que je ne serai jamais. Sur la photo on le voit bien, ce n'est pas du tout la piste que je fixe mais Just. Pas même les premiers éléphants, le premier tigre n'auront pu empêcher mes yeux de le chercher lui, et quel remous ! Autrement plus que la ménagerie au centre de la piste. Est-ce qu'on le sait à huit ans quel amoureux, quelle amoureuse on sera ? On sait que l'on a chaud alors que la buée sort par notre bouche, que le vertige nous saisit même si on est en bas des gradins ! On sent son cœur, on ne savait pas qu'il battait, on veut quoi ? Être dans la lampe avec le génie, avoir un grand pouvoir ; on a un seul souhait et il souffle sa bourrasque dans notre être. Je vois tout ça sur cette photo à la cagoule, la seule, l'unique où je suis avec Just. Quand elle a été prise, je ne comprenais pas encore ce trouble d'être tout à la fois révoltée et avide d'entendre les grands l'appeler « mon amoureux ». Cette ambivalence inconfortable et tellement recherchée. Just à voix haute qui m'étreint tout bas.

Ils m'ont raconté leur premier baiser Alexandre et Rosalie Sauvage, dans la salle de cinéma de mon grand-père plongée dans le noir, le film terminé depuis longtemps, à ce moment-là ils sont tous les génériques de début des milliers de films projetés là. Leur premier baiser, personne pas même moi ne le leur enlèvera. Il a le goût d'eux qui me devinent. Ils oseront une farandole de baisers devant leur petite fille qui ne rate rien. Je la voyais elle juste après s'emparer d'eux, saisir les mains de son amour, en baiser la paume, et son visage s'y attardait, lui arrêtait tout ce qu'il faisait. Je détournais les yeux mais pas trop, j'aimais la regarder sa caresse de princesse me remuer le cœur que je n'ai plus. Quand ils se disputaient pour que ce soit l'autre qui ait l'assiette la mieux remplie ou la pêche la plus mûre, quand ils faisaient tchin en regardant là où ils étaient les seuls à voir, et je restais le verre en l'air à essayer de les rejoindre, quelque part où rien ne leur arriverait. Et quand enfin mon verre se heurtait aux leurs il fallait voir comme j'étais sérieuse. Dans leurs bulles qui s'entrechoquaient je découvrais sans en avoir conscience la solennité, leur en dérobais un peu. Le jour viendrait où Just et moi nous serions cet amour, tendu comme une ligne quand ça mord. J'aurais aimé avec Just me pencher au-dessus de l'eau vive, la sentir nous filer entre les doigts, penchés à en avoir mal au dos sur nos reflets tremblés au point de n'en faire qu'un, chahuté par la source s'échappant et se renouvelant sans cesse. Il aurait été, notre amour, un autre ciel au fond d'une eau claire, pris dans les rets du reflet des arbres, deux enfants contemplant un scintillement dans son écrin de cristal.

Toutes ces fois d'un enfant questionnant l'amour de ses parents, avec crainte et convoitise, un vrai cobaye, l'objet de bien des expériences. L'enfant le voit s'attiser soudain, s'éteindre tout doucement ou brutalement, il l'observe changeant, décidant de son sort et de sa tranquillité. Et quand il se perd l'amour comment s'y retrouver ? L'enfant est le jouet de plus grands que lui bien petits quelquefois. Parfois l'amour ne s'en va pas, il vous regarde droit dans les yeux, du matin au soir il chantonne, on ne s'en étonne même pas, on prend, on se sert, l'amour a quelque chose alors du meilleur dessert, il en restera toujours une cuillère ; et on est les racines d'un arbre qui puise loin et grandit encore.

Si elle disparaissait la photo de Just et moi, cette image de nous ensemble finirait par s'effacer, deux enfants plutôt silencieux, plutôt timides, deux êtres neufs, aucun mal ne les a effleurés. Au moment où elle a été prise on ne savait même pas que cela pouvait arriver, que ça arrive.

Vivre c'est être coupable, et parce que l'âge d'or va nous trahir on s'y perd et il peut nous perdre. On lui tournera le dos, et on l'achève, ou on y resterait. C'est tout ce que j'ai ce qui est perdu. Et le temps écoulé depuis glisse dessus. Je suis en couleurs sur cette photo, si précieuse parce que ça se voit ce qu'on est Just et moi. Et que Lise peut le voir. Son Just qui est le mien, même à vingt-six ans, il est ce petit garçon aux mains encore potelées, les ongles noirs de remuer la terre pour m'y dénicher il ne savait quel trésor mais il le cherchait. J'ai glissé en cachette cette image de nos deux visages dans un de ses cahiers dans son cartable et j'ai attendu qu'il nous découvre. Il était là notre trésor, il le découvrirait et son sourire sortirait de la photo, nous sauterait au visage. Moi je ne souris pas, parce qu'on m'a mis un bébé lion sur les bras, j'ai l'air embêtée avec ce minifauve qui n'est pas une peluche, approché un peu trop près de ma cagoule, à en oublier qu'elle me gratte. Je fais la gueule donc, ne me trouve pas bien courageuse, j'ai l'air de me tortiller sur mon siège, et la photo au début elle ne m'a pas du tout plu, je l'aurais volontiers déchirée, seulement au bord il y a la main de Just et elle tient la mienne. Personne n'a rien dit en le découvrant. Même maman s'est retenue et a exagérément parlé de l'animal tout petit tout mignon. Just a-t-il fini par trouver ma surprise dans son cahier, l'y a-t-il laissée ? Elle ressortira un jour où son enfant qui va naître voudra voir le cahier d'école de son papa et il demandera qui je suis. Qui je suis ?

Le nôtre, de tirage, a rejoint l'album que mes parents n'ont plus ouvert, ils ne peuvent pas me voir, et toutes ces légendes dessous à chaque page que ma mère écrivait. Je ne suis que légendes. Elles sont là, muettes, mes parents ne pourraient les lire sans se scier les yeux. À ces mots ils en ont substitué d'autres. *Je voudrais que la nuit me prenne moi aussi.*

Lise a récemment proposé d'ouvrir une page Facebook à mon nom, avec justement ces photos, « qu'elles prennent l'air et sortent de leur album », a-t-elle lancé. Un défi par K.-O. Ça n'aurait pas été Lise, c'est elle qui serait sortie de la pièce, mes parents horrifiés de me savoir *likée*. Avec de nouveaux *amis* que je pourrais me faire, avait continué ma cousine. « Plus de trente millions de morts ont un compte Facebook, une béquille, elle aide ceux qui ne les oublient pas. » Mes parents eux ont eu les jambes fauchées et il y en a eu deux soudain vivants, à fulminer, et ça nous a fait du bien.

J'essaie de retrouver mon souffle coupé en présence de Just, il absorbait tout, j'étais rivée à un regard, un mouvement, un battement de ses longs cils, sur un qui-vive exquis et violent. Je me retenais de ne pas me planter dans chacun de ses pas, j'avais le ventre ouvert et le cœur recroquevillé, ce qui arrive quand on n'est qu'attente sans triomphe. Je ne pouvais me le formuler mais l'emprise on ne peut la contenir, et il en est un qui a tout observé, tout vu, derrière son bureau sur l'estrade. Nous n'en avons jamais parlé bien sûr, le silence des pères.

Au début avec Just on était tellement enfants, on ignorait que nos bouches pourraient se toucher un jour, le réclamer, en auraient le droit. Plus il se rapprochait d'où j'étais plus l'air se compressait, et... je ne sais pas... je... je devenais le haricot géant du conte, que rien n'arrête, ne peut empêcher de pousser, à en devenir effrayant. Angoissant, dirait un grand. Mais j'étais si petite. C'est ça que je devenais pour moi en présence de Just ? Une angoisse ? Toutes les récréations sous le préau jusqu'à ce que son regard me trouve, j'étais un oiseau auquel on a ligoté les ailes, prêt à s'envoler haut dans le ciel. Et ça arrivait, il fondait – pas l'oiseau,

Just – vers moi et je pouvais enfin lui tourner le dos !
C'est simple l'amour.

À entendre Mamoune, mes parents étaient « comme le lait qui fuit de la casserole », j'ai pu voir ce que cela donne, ça attache. Quand l'amour vous a trouvé et que l'on n'en veut nul autre. Au retour de l'école, à la vue de la maison mon père accélérait le pas sans même s'en rendre compte, déjà tout à ma mère, la rejoindre. Leur tumulte me happait, et il m'apprenait Just. Je n'ai pas grandi assez longtemps pour me déclarer. Ma mère, elle, le faisait à plein volume.

Fais-moi l'amour comme à seize ans,
Plein de candeur et d'impatience,
Et que mon cœur un court instant
Retrouve un peu de son enfance.

Je sais à présent où elle retournait avec sa voix qui pleurait presque et pas du tout, elle retournait à leur commencement, Alexandre et Rosalie Sauvage.

Je la buvais des yeux, et je connaissais les paroles, à force. Je me collais à sa plainte heureuse, l'amour quand il est bouton de rose. Ses vibratos me secouaient. Elle chantait sans me voir, revenue à leur première étreinte qui prend tout, veut tout. Ce que l'on croit, et puis moins, et puis si. Même quand ça n'est plus ça, on est allé où on ne savait pas. Et on le sait jusqu'au bout. Comme avec Marie Laforêt ou les tomates mangées avec les doigts pleins d'huile d'olive, ou alors en retrouvant le parfum d'une crème bronzante et on retourne sur toutes les plages, on n'en revient pas.

Et mon père à bas bruit sanctifie le souvenir, les années comme elles vivent dans son grand corps coffre-fort, sans combinaison pour l'ouvrir.

Rien ne nous séparera. Juste avant leur premier baiser il y a eu ce serment muet entre Alexandre et Rosalie Sauvage, ils se le répétaient à voix haute que je l'entende moi aussi, d'où je venais, où on allait, où on irait. Et quand je n'ai plus été là ils se sont accrochés à ce *rien* de leur serment, qui vaut tant. Il nous a sauvés je crois. Son infaillibilité. Ne pas en faire un mensonge, peut-être encore plus pour moi. On devient son propre mensonge à mesure que l'on vieillit, si loin de soi, de celle ou celui que l'on aurait voulu être, que l'on a cru. J'ai accès à quoi finalement dans la tête de mon père ? Quoi qu'il fasse il sera cet homme-là qui a perdu son enfant. Et à cet instant précis il lui colle un œil au beurre noir à sa grande fille, le mien, le jour du spectacle de fin d'année la veille du dernier été. Il continue cet hématome de me dire que je suis bien plus que sa grande fille, je suis quelqu'un à qui il est arrivé quelque chose. Je joue Mickey dans *Fantasia* et je suis une catastrophe, maladroite, fébrile, raide comme un balai, et je patauge dans une eau imaginaire, les pieds au sec investie de mon rôle au point d'en attraper un rhume ! J'ai choisi d'être de ce côté l'imaginaire, et j'en ai plein les poches dans ma longue blouse d'apprenti sorcier, je me prends les pieds dedans à m'activer avec des seaux débordant de... vent, poursuivie justement par de drôles de balais tout décoiffés, Lise, Pascaline, Ève, Valérie, Nathalie, Christophe, Laurent et Just. Je fais de grands effets de manche, les projecteurs font des ombres inquiétantes sur les murs de la cantine, la musique de Prokofiev éclabousse de sa tension tournoyante petits et grands, je suis submergée par mon rôle au centre des balais à tignasse. Je fais comme prévu la toupie une fois, deux fois, et... je me retrouve le cul par terre, fin de ma prestation. On s'inquiète, je triomphe, je les éclipse tous, d'un danger pour de faux, j'ai fait une blessure.

Quand on sait que ses parents ne se quitteront pas, qu'on y croit, qu'aucun doute ne parvient à se glisser dans leur serment qui les regarde, ils peuvent se disputer et les mots claquent, on le sent que ce n'est rien, ça va passer, on n'aura pas à choisir, couper l'amour en deux, on n'est pas des poires. On est son enfance.

Nos jeux avec Just avaient pour seul but de nous rapprocher, nous emmêler, maladroitement, brièvement et on y pensait tout le temps ; à la pente entre nos deux maisons, aux roulades, côte à côte sur la même ligne de départ, deux petits corps dévalant la terre herbeuse et avec un peu de chance on dériverait de notre trajectoire, et le premier arrivé encore étourdi verrait l'autre lui tomber dessus. Je me suis dessinée chevauchant un cerf dans un sous-bois et il avait les yeux de Just, ses longs cils. Je me suis appliquée à rendre mon dessin vivant, qu'on les sente les branches les plus basses s'écarter devant nous bondissant dans un crépitement de feuilles dorées. J'ai exagéré les muscles de mes cuisses et de mes bras l'enserrant tout entier, l'animal sauvage, mes talons tendrement enfoncés dans ses flancs. On reconnaît bien mes boucles mais en beaucoup plus longues, comme j'aurais aimé les avoir. J'ai le visage enfoui dans son pelage, je voulais que l'on sente à quel point il est doux. C'est une course qui ne s'est pas arrêtée, mon père la regarde dessinée chaque fois qu'il déjeune chez Mamoune ; ce qu'elle a choisi, voulu garder de moi. Ma grand-mère l'a encadré et posé directement sur la table à ma place pour, dit-elle, continuer de voir sa mignonne en buvant son café sans avoir le cœur cisaillé tellement j'ai l'air bien sur mon dessin. Infiniment. Mamoune, qui a tout compris comme d'habitude et Lise n'a pas le droit d'y toucher, au cadre.

Je rentrais à la maison, j'ouvrais la porte, et sans vraiment y penser j'attendais de retrouver le parfum de ma mère, un mélange de son fond de teint et de fleur d'oranger. J'ai été le témoin de la multitude de commencements entre cette femme et cet homme, mes parents. J'y voyais ce que l'on serait avec Just, l'à-venir semblait inépuisable. De leur amour j'ai fait un lasso, je m'entraînais à le lancer le plus loin. Et les chansons ont été un métronome dans ce chaudron des émotions. Son humeur, les saisons, la couleur du ciel, ma mère les mettait en musique, selon l'heure aussi, les plats qu'elle cuisinait, et nous après dans notre assiette on la mangeait un peu, on se resservait d'elle, tout ce qui avait mijoté. *Mon enfance* avait l'odeur des pommes au four, des marrons au feu, il y avait des jours entiers pour Barbara, et paf ! ma mère se fissurait, on ne savait pas pourquoi. Ça me mettait par terre et je me tenais à l'écart, de toute façon elle n'avait pas envie que je sois là, elle était partie dans sa chanson, et presque elle la rugissait.

Il ne faut jamais revenir
Au temps caché des souvenirs
Du temps béni de mon enfance,
Car parmi tous les souvenirs,
Ceux de l'enfance sont les pires,
Ceux de l'enfance nous déchirent,
Vous, ma très chérie, ô ma mère,
Où êtes-vous donc, aujourd'hui
Vous dormez au chaud de la terre,
Et moi, je suis venue ici, pour y retrouver votre rire,
Vos colères et votre jeunesse,
Mais je suis seule avec ma détresse

Mamoune comparait sa fille à un plancher plein d'échardes, fallait faire attention où on mettait les pieds. Ou à une pomme de pin, elle s'ouvre, elle se ferme, elle s'ouvre, elle se ferme. Une drôle de météo. Pour la fête des Mères, mon père en a profité pour lui offrir, le malin, une pomme de pin, je ne sais pas où il l'a trouvée mais elle restait toujours ouverte ! Même quand il pleuvait à seaux elle annonçait grand beau et ma mère était obligée de sourire. C'était plus facile après de me concentrer sur mes devoirs, et sur mon amoureux. J'avais des yeux magiques pour le regarder, même s'il n'était pas là, je me délectais de ses longs cils, ses cheveux aux épaules, le brin d'herbe qu'il aimait mâchouiller, son corps de garçon tout mince. Des fois dans mon lit je le voyais encore mieux alors qu'il faisait noir ; j'étais obligée de me relever, je cherchais la lune et, les nuits froides, je me mettais sur la pointe des pieds, je collais mon front au carreau comme si j'allais pousser le ciel. Et le matin je me levais vite pour retrouver Just. Notre dernier automne j'ai rempli mes poches de feuilles rouge et or en allant à l'école, les bien craquantes. Des tourbillons de feuilles faisaient à la terre un tapis dans lequel je reconnaissais la rousseur de maman. Oui, la terre piquée de points ocre, safran, rouille, et d'autres plus pâles, une lumière, c'était ma mère ! Je l'avais découvert à voix haute et quel bonheur je leur avais donné à mes parents. Je me sentais agrandie, complète, ou plutôt... entière, oui... entière qu'ils soient heureux de moi, par moi. On devient l'automne à l'observer des semaines enflammer la ramure des arbres, allumer à leur faîte des torches écarlates. Chaque jour un peu plus, branche après branche, un cramoisi nous accompagnait sur le chemin de l'école, l'arbre bientôt serait nu mais avant il aurait vu rouge, et jaune, de tous les rouges, de tous les jaunes, les jours raccourciraient et la brume soulèverait les lointains jusqu'au ciel, elle entrait avec moi dans la classe, je m'asseyais sur la pointe des fesses et à la récréation j'entraînais Just derrière le gros châtaignier, lui demandais de s'asseoir sur les talons, de fermer les yeux. Je versais mon amour sur lui, tous nos automnes. Peut-être la première fois a-t-il cru que j'allais l'embrasser. Je n'aurais pas tremblé davantage. Je me suis hissée sur la pointe des pieds pour que les feuilles tombent de plus haut, elles ont fini par faire une couronne dans ses cheveux, je faisais lentement, je voulais que ça dure et mes poches n'étaient pas si grandes, mais aussi avec une hâte, je sentais le regard de mon père capable de percer toutes les écorces. On rentrait, maman faisait mes poches avant la machine à laver, râlait, mais dans ses livres elles y sont encore mes feuilles écarlates pleines de nervures.

D'autres fois la main de Just écartait la mèche sur mon front qui me cachait les yeux, je la laissais même si elle me gênait pour que ses doigts à un moment veuillent l'enlever. Un jour ma mère a décidé de la couper, elle n'a rien voulu entendre, j'ai dû m'échapper de la maison, courir où on ne me trouverait pas. Ils m'ont cherchée, cherchée ! J'entendais ma mère crier que je la garderais ma mèche, de rentrer, que bientôt il ferait nuit, je ne bougeais pas, elle m'avait obligée à m'enfuir, ce n'était pas ma faute, elle devait me trouver. Et elle me trouve, elle me serre si fort elle me fait mal, on redevient comme avant, avec elle qui répète que je suis sa Clémence, elle ne touchera pas à mes cheveux si c'est à ce point, mais il ne faut pas que je parte, que je disparaisse, je dois lui promettre. Je promets.

L'été, nous les enfants vivions dehors du matin au soir. On arpentait notre paysage et il était le monde. Je repérais toutes les bouses, respirais leur odeur de merde qui sent bon, il y aurait toujours assez d'herbe sans tache pour s'étendre et embrasser le ciel. À cinq ans, voyant les vaches vider leur vessie en un flot de pisse, l'herbe trempée, je n'ai plus voulu m'y asseoir et dans l'herbe jaunie par le soleil je voyais des prairies repeintes à coups d'urine ! Jusqu'au jour où Mamoune m'a objecté que faire pipi sur ses mains était un geste de beauté, qu'elle-même… La voyant ensuite pétrir sa farine il a bien fallu que je m'y fasse. Quel précieux terrain de jeux que notre territoire de grands pâturages désertés où le vent, ses rafales, s'en donnent à cœur joie. L'hiver elles soulèvent la neige, et si elles ne rencontrent pas d'obstacle elles forment des monstres glacés et véloces. Je les mitraillais de boules de neige puis tranchais dans le tas avec mon bâton. L'air était si froid, on respirait bouche fermée. Certains matins on partait à l'école une pelle à la main. Même petite la mienne brisait des remparts de neige qui nous auraient bloqués. Le soir on ne décollait pas des braises, s'en éloigner c'était avoir froid ; après des mois de rudesse hivernale, la repousse de l'herbe, le retour des vaches étaient l'assurance de journées étirées, de ciels aux couleurs de guimauve jusqu'à l'été et ses grandes vacances. En août, plus de tourmente mais des orages lacérant le ciel d'une pluie dure, lourde, elle ne lave pas la terre, elle la délaye ; mes parents ont préféré ne pas la quitter, ils n'ont pas voulu être hors d'atteinte de nos rires. Et je résonne.

Évidemment que j'aurais été amoureuse de Lise si je ne l'avais pas déjà été de Just. Impossible de rajouter Lise, la provocante, elle voulait que je la regarde nue, ses hautes jambes presque aussi fines que ses bras étalées de part et d'autre du granit au bord du lac, leur arc épousant la rotondité de la pierre me pressait d'y ficher mon œil, à sa merci. On aurait pu nous surprendre, on nous aura surprises. Je crois qu'elle l'espérait un peu. Si avant de commencer la classe notre maître nous avait demandé le sens de « jouer avec le feu », ma réponse aurait fusé : « C'est Lise. » Elle me démangeait ma cousine, et je m'y brûlais une vraie piqûre d'ortie sans qu'on puisse se dire que ça va passer. Je cueillais d'autres fleurs et je les offrais à Just, pas question qu'elles restent enfermées dans un vase, on les éparpillait à l'endroit où on aurait notre maison, elles ont été nos fondations. On élèverait des tortues, peut-être des chevaux, ce serait amusant de faire galoper une tortue. Le père de Just tenait le centre équestre du coin, autant en profiter. L'hiver, il loue ses chevaux à des particuliers contents d'en avoir un pendant quelques mois sans devoir l'acheter ni que ça dure trop longtemps. Les chevaux changent d'air et un peu d'argent rentre, qui aurait manqué sinon. L'été, Just l'aidait avec les bombes, les harnais pour les estivants, des balades à la queue leu leu, il rangeait les selles, s'occupait des réservations et c'était une belle pagaille. Il aurait mieux fait de venir au lac. Et on aurait fait quoi avec Lise...

Just et moi allongés sur notre lit en fleurs coupées, tout le temps on se disait « nous ». Nous serons ci, nous serons ça, nous ferons ci, nous ferons ça, et cela incluait nos enfants mais ça on ne le disait pas. On ne voyait pas le bout de la vie. À peine les narcisses apparaissaient, je ramenais le printemps dans notre chambre sans toit, sans fenêtres. Les jaunes pourtant ont le bulbe toxique et même les vaches savent qu'elles ne doivent pas les brouter ; Just préfère les blanches, il aimait leur nom de narcisses des poètes, et pour cette raison je le préférais lui. À la saison, on était plusieurs enfants et parents des hameaux voisins à les cueillir en quantité au râteau, on en remplissait des brouettes pour les revendre à ceux de la vallée et après les fleurs étaient envoyées dans une usine où on fabrique des parfums. « Ramasser des fleurs sans pouvoir les offrir, c'est tout ce qui reste à nos gars pour travailler encore », regrettait Entoubientou. Les fermes abandonnées, les burons fermés les uns après les autres, trop de tracasseries administratives, de normes d'hygiène alimentaire, de quotas. À défaut de refaire le monde, Mamoune et son copain refaisaient l'Aubrac ! « Les touristes ils viennent bouffer notre aligot mais y en a plus mes saligauds, y a plus que des flocons d'arômes, grâce à ces messieurs les fonctionnaires des normes.

D'énorme connerie, oui ! » J'écoutais d'une oreille et je mettais du cistre de côté ; on le frotte et son odeur de fenouil se réveille sur vos doigts, je pensais aux tisanes qu'on boirait avec Just avant de se coucher, je prévoyais des infusions pour des années et mettais de côté le plus de cistre possible. Je le faisais sécher à l'abri des larves en en remplissant des taies accrochées avec des pinces à linge à un fil dans la grange, je les regardais se balancer dans les courants d'air ; mes taies y sont encore enceintes de soirées fantômes infusant pour jamais. J'étais cette enfant élargissant les bords d'un monde tout plein de mon existence.

C'est arrivé après une de nos parties de cache-cache. Nous partions des heures Just et moi, sans nous éloigner vraiment de la maison, pour cette sensation d'être des grands, et qu'un ailleurs qui n'était pas chez nous le devienne. Être tous les deux nous affranchissait de notre enfance, on avançait à pas de géant dans ce nouvel espace, tous les lendemains, et ce n'était pas mesurable.

Certains souvenirs ont la peau dure, celui-là a sa place dans une mémoire élastique qui se tend et se détend, s'étire, encore, encore un peu plus et si mon père vise juste elle touche son but, atteindre la tête d'une petite fille qui n'aura été grande que pour lui. On parle des enfants qui sont des éponges, qui absorbent les émotions de leurs parents, leurs dissimulations, leurs tensions. Et le qui-vive permanent d'un père, d'une mère ? La naissance de son petit est un grand trou, on n'en sort pas, et parce qu'il est sans fond aucun enfant ne devrait y tomber avant ses parents. C'est trop enlever à l'existence. Mieux vaut rester accroupie derrière le muret, fesses en appui sur la mousse à jouer à cache-cache avec Just. Je désire tellement qu'il me trouve et que ce ne soit pas facile. Quand il se cache, je deviens tous les sons de la nature, elle me le livrera, je ne passerai pas à côté de lui. Une fois caché, on attend les yeux fermés en retenant sa respiration comme si on avait plus de chances de ne pas être repéré. Cette fois au moment de commencer notre cache-cache une pluie violente et brève se met à tomber, pas question de rentrer, de sacrifier notre jeu ; il y a non loin un buron à moitié défoncé par trop d'intempéries, des siècles de pluie, presque une ruine, nous avons interdiction d'y entrer, les murs s'éboulent et les lauzes du toit pourraient nous tomber dessus.

Mes parents convoitaient les orages, ils s'enthousiasmaient devant leur déchaînement, redoutable et grandiose, la pluie qui griffe le ciel, les brusques bourrasques, furieuses, ils auraient ouvert leurs bras aux éclairs s'ils n'avaient craint d'être un mauvais exemple. Ce qu'on est Just et moi dans notre buron en partie effondré. La semi-obscurité, un calme particulier, une absence au monde, on n'ose pas bouger, se regarder, empêtrés dans cette découverte et elle nous gêne terriblement, on pourrait tout faire, tout tenter, on en est paralysés, presque effarés. On attend que la pluie s'arrête, ça semble si long. Je repère un petit caillou, je n'arrête pas de le retourner du bout du pied, ça me permet de rester tête baissée, Just ne sort pas les mains de ses poches, ça aussi je le vois. On se tient le plus éloignés possible mais on sait qu'on n'a pas le droit de toucher les murs ce serait dangereux, on se ratatine, ah on est beaux ! J'ai du mal à avaler ma salive, tout pourrait arriver et je ne parle pas d'un éboulement. Ce que l'amour désire, réclame, retient, est contenu là. Comme l'est derrière un barrage une masse d'eau colossale, on la regarde de loin mais si on pense à son déferlement, à nous dessous, on fait un pas en arrière. Même si on avait Just et moi jamais vu de barrage, cette image aurait été la bonne. La pluie cesse et aussitôt on sort, enfin on se regarde, différemment, avec une douce crainte, une ébauche des confins que nous serons un jour l'un pour l'autre. De l'averse il reste des perles intactes blotties dans la pierre à certains angles des murets. Je me concentre sur ces gouttes d'eau, aimerais réussir à en attraper une, et une deuxième, une troisième, les prendre au bout de mon doigt et avancer jusqu'à Just sans les faire éclater, lui offrir mes larmes de pierre. Je n'y arrive pas. La pluie révèle une farandole d'odeurs, elles étourdissent l'air tout comme le vert intense presque sucré des feuilles nouvelles s'ajoute à ce qu'il reste des anciennes après des semaines de neige. J'hésite, propose à Just d'aller un peu remuer la tourbière, jouer avec les grenouilles. Le soir, les hirondelles y viennent par centaines et tous les enfants du coin sont au spectacle, on applaudit et quel envol. L'engrais de la tourbe en a fait le royaume des framboisiers, des sorbiers, des gueules-de-loup et des épilobes avec leurs longues soies. On ira une autre fois. La partie de cache-cache d'abord, elle mord dans tout ce qui continue d'être.

Tant mieux que ça le dérange à ce point, mon père, que Lise soit justement l'amoureuse de Just aujourd'hui. Il a remarqué ma photo au chevet de ma cousine, ce lit où on dormait toutes les deux chez Mamoune, et se demande si Just dans ses bras me regarde en faisant l'amour. Lequel jouit le plus de soutenir mon regard ? Et c'est un venin. J'en veux à mon père de me l'avoir injecté, Lise et Just, je devais être sa femme, il me semble que je suis la leur. Et mon cœur arrêté s'emballe, ce n'est pas très confortable, boum, boum, BOUM ! Il pourrait presque me faire mal d'aller si fort, il se décroche, descend dans mon ventre, dégringole le malin. Je préfère Just parti se cacher. Un, deux, trois, quatre, cinq, six, sept, huit, neuf, dixxxx.... sept, dix-huit, dix-neuf, vingt ! Quelles embardées on fait faire au temps ! À mon « Vu ! », Just a dérangé le danger. Ce n'est pas mon cri qui a déchiré le feuillage mais la voix altérée de mon amour. « Clémence ! » Une vipère ! Je ne me pose pas la question, me précipite, arrache sa sandale, heureusement je n'ai pas de couteau, je l'amputerais ! Je ne suis qu'une petite fille qui lui ordonne de ne pas bouger, je l'ai appris, le venin circulera moins vite dans le sang. La petite fille n'a pas peur, elle va forcément le sauver, parfois on lutte contre une épouvante si forte, on en arrive à croire qu'on va annuler le pire. Je colle ma bouche sur son talon, aspire, je voudrais avoir des tonnes de salive à cracher. Just est obligé de me pincer le menton pour m'arrêter. Il a eu peur mais son pied n'a rien. C'était une couleuvre, pas une vipère, et elle l'a à peine effleuré. Je suis déçue à un point ! Une seconde j'ai espéré le pire, je nous en aurais délivrés.

En vrai j'ai huit ans, en morte vingt-quatre. En vrai cela fait seize ans que je suis un homme qui ne renonce pas à vivre sans son enfant. En morte j'ai fini de pourrir depuis longtemps. À la maison j'étais responsable du compost, les pelures d'oignon, les graines de melon, la peau des pommes de terre. J'engrossais la terre, j'en suis l'une des épluchures. J'ai fini de grandir dans le temps qui a passé. Quelle urgence nous mettons à sortir de l'enfance, on veut s'en débarrasser, et ensuite on s'y accroche, on y revient sans cesse. Drôle de va-et-vient et la vie y passe. Pas la mienne, restée quelque part où mon père m'aime plus que de raison. Les souvenirs d'enfance sont le langage de l'imagination, et ma voix qui est la sienne est un écheveau plein de nœuds, il tire des bouts, coud et découd le temps. Ce n'est plus *on dirait que je suis une princesse* et l'histoire commence, mais *on dirait qu'en vrai je ne suis pas morte* et l'histoire ne se termine pas. Ou alors quoi ?

Ma dernière nouvelle année, qui aurait pu se douter que je n'en changerais pas ? Minuit moins cinq, ma mère décrète vouloir souhaiter en premier la bonne année à une bête sauvage et sous son rire de maman toute folle nous voilà dehors les givrés. J'adore notre escapade pleine de sons inquiétants, d'ombres nouvelles, on tombe de suite sur une chevêche d'Athéna. Quel nom quand même, chevêche d'Athéna ! On lui souhaite la bonne année, les rires fusent, il faudrait en faire des provisions. Le lendemain je me lève la première avec un cadeau pour eux : leur petit déjeuner au lit, sauf que je suis si impatiente de le faire mon cadeau, je débarque dans leur chambre à six heures du matin ! Comme ma mère j'ai décoré le beurrier avec des feuilles de lierre, ai réussi à verser le contenu de la bouilloire dans la théière sans en mettre partout, partagé dans trois assiettes le reste du dessert de la veille, et je pose mon plateau au bout de leur lit avec inspiration. « Sans les étoiles, le jour est moins brillant que la nuit. Bonne année papa et maman. » Pourquoi un ciel étoilé nous émeut tant ? Parce qu'il fait le grand écart, vient d'un monde ancien, éclairé d'étoiles mortes, il a survécu.

Il voudra dire quoi demain mon anniversaire ? Les vingt-quatre ans d'une vieille petite fille qui n'a plus vraiment de maman toute folle, elle a arrêté de danser en tapant sur ses fesses comme sur un tambour.

Ce que je suis amenée à penser de ce que mon père pense, tout est poreux. Et je suis là encore. Je suis quoi, je suis qui ? Une ébullition du passé. Sa grande fille qu'il ressasse et convoque, qu'il a devinée, et s'injecte en une perfusion poétique. La vie que je n'ai pas eue, il y pense tout le temps. À force de triturer ce qui a été il y a quelque chose encore, dans les strates du temps et ses coutures. Emmène-moi loin papa dans le temps à l'envers, une peau retournée même pas écorchée ; quand ils étaient heureux Alexandre et Rosalie Sauvage. Quand j'étais leur jeunesse.

QUAND J'ÉTAIS LEUR JEUNESSE

— Je serai toujours là, dans toi. J'y pense tout le temps.

— Oui ? Dis-moi encore.

— Mais tous les mots ont déjà été pris ! Tu me la laisses ?

— Quoi, Alexandre ?

— Ton enveloppe charnelle.

— Tu ne saurais plus quoi en faire à force.

— Je ne saurais plus quoi faire d'autre, tu veux dire. Tes fesses méritent que l'on vive pour elles.

— D'accord.

Mon père se souvient et moi je patauge ! Une enveloppe c'est où on colle les timbres, je ne vois pas le rapport avec ma mère. Et « charnel » est un mot que notre instituteur ne nous a pas fait étudier en classe. Ce n'est pas évident d'emmener son enfant où il ne devrait jamais aller, dans le lit de ses parents. Alexandre et Rosalie Sauvage font l'amour et ils parlent. Ils sont les mêmes au lit et ils sont tout autres. Ils sont mon père et ma mère mais dans une femme et un homme surprenants. Ils les ont choyées leurs illusions magnifiques, se sont gorgés de mots tendres, de promesses qui n'ont même pas besoin d'être dites. Ils ont été l'insouciance, pourtant elle n'était pas dans leur caractère mais ils ont réussi à la capturer, pas longtemps, les quelques mois de leur rencontre. Je ne sais pas au juste à quoi servent les souvenirs, à réconforter, à blesser ? Doivent-ils seulement servir ? Non. Ils sont. Comme nous. On peut vivre longtemps pour rien, même pas pour soi, mon père se le dit souvent comme s'il voulait me rassurer, se rapprocher de moi. Ça ne me rassure pas du tout, c'est quand il n'est pas accablé qu'on arrive à être bien, et pour ça il faut qu'on soit dans mon enfance, ou dans Rosalie Sauvage. Déjà les fesses à l'air celle qui sera bientôt ma mère, elle balance ses chevilles aussi fines que celles d'une gamine, et lui Alexandre en redemande de sa cambrure. Il l'embrasse les yeux grands ouverts, il regarde sa joie. En la rencontrant il a dit d'accord à un rêve éveillé qui pourrait même leur faire du mal, ce ne serait pas grave. Il l'a cru.

Je ne m'y fais pas à leurs ruades, mon père les a régulièrement à l'esprit, je suis bien obligée d'y assister. Il fait défiler en boucle les mêmes scènes. Ce ne serait pas si étonnant, c'en serait ennuyeux. Un tas de bonshommes tout partout autour de ma mère, dans elle, et ils ne sont pas tendres. Comment elle fait pour ne pas avoir mal ? Est-ce que toutes les mères font comme elle ? Et il faut voir les gros mots qu'ils lui lancent. Mes parents m'ont punie la seule fois où j'en ai dit un. Ils sont sales leurs mots. Il y en a beaucoup que je ne connaissais pas mais avec les images on comprend.

Alexandre et Rosalie Sauvage leur ont donné un nom à leurs heures somptueuses du passé : les années horizontales. Elles ont duré jusqu'à ce que j'arrête de faire des siestes, on rivalisait d'heures au lit et je ne le savais pas. Mon père n'était pas encore instituteur puis j'ai grandi et ça n'a plus été tous les jours, ça n'a plus été toutes les semaines, ça a été quand même.

J'ai commencé à vivre le jour où ils se sont rencontrés, Alexandre et Rosalie Sauvage, l'instant où ils se sont vus, cette seconde elle dure, électrise un corps, si éteint soit-il depuis seize ans. Je n'en reviens toujours pas d'où je viens. Ils se sont immédiatement choisis, décidant d'aimer comme on meurt, pour de bon. La jouissance rend Rosalie Sauvage toute calme, Alexandre solide. Il aime que d'autres hommes l'aient visitée avant lui, il y en a eu tellement, il est le seul finalement. Les autres ont fondu comme neige au soleil et elle, son amour, en est toute fondante. Et satisfaite. Docile, chatoyante, efficace, endurante et tout et tout. La vie en peignoir blanc, elle appelle ça. Appelait...
Je préfère qu'ils ne soient pas encore mes parents quand mon père nous emmène dans leur lit. Comment peut-il m'avoir à l'esprit en même temps ? Mon père a trop peur de me laisser et ne pas me retrouver. Qu'ils soient juste Alexandre et Rosalie Sauvage, c'est moins

grave. C'est juste... stupéfiant ! Quand de son regard elle lui réclame d'être giflée. Plusieurs fois à la suite et de plus en plus fort. Rien à voir avec les quatre ou cinq gifles que j'ai reçues. Même moi je savais que j'avais exagéré ; d'ailleurs c'est elle, jamais lui, qui me les donnait. *Donner des gifles*, tu parles d'un cadeau, apparemment pour elle oui. On sent qu'elle espère la prochaine. Mon père si gentil avec elle devient... un monstre tiens. Parce que maintenant en plus il va lui écraser la bouche avec son poing, oh nonnnnn, je déteste, eux pas du tout. Ils sont zinzins mes parents. Ils font l'amour. Je ne crois pas que j'aurais aimé que Just me frappe. Quand je voyais ses chevaux se cabrer, son père leur donner un coup de cravache pour les faire avancer, je grimaçais. On était tellement bien dans l'herbe à regarder le ciel, les herbes hautes qu'on aplatissait juste en écartant les bras mais on ne les écrasait pas, après on avait les fesses trempées avec la terre humide une bonne partie de l'année. Je sentais plein de choses m'arriver à l'intérieur, douces, très douces, et je n'arrêtais pas de bâiller, pourtant vraiment je ne m'ennuyais pas avec Just, on se disait qu'on était allongés dans le ciel et nos cheveux seraient des fleurs de pissenlit sur lesquelles on souffle après leur floraison, pffffouuuu, elles s'envolent, elles habillent le vent. Just n'osait rien et j'avais bien vu avec Lise qu'il fallait oser, je comptais jusqu'à dix, puis dix encore, et puis encore, à un moment ma main cherchait la sienne et même les jours couverts, j'avais du soleil au bout des doigts.

Je ne connaîtrai pas le bon qu'il y a d'être collée à la nuit avec son bien-aimé et il n'y a plus de craintes.

On s'endort, on se réveille et l'obscurité ne nous a pas fait mal. Depuis peu ma mère dort sans somnifères, toutes ces années elle leur a réclamé d'écraser tout, même moi, juste quelques heures, et les matins la recrachaient disloquée, engourdie, perdante. L'odieuse certitude entière. Elle a fini par jeter ses pilules et avec, une armée de soupirs, ma mère est une ruine mais elle s'est relevée de ses décombres.

Mon père est allongé dans le noir, son sexe entre ses doigts comme on tient les reliefs d'un festin évanoui. Il est à côté d'une femme qu'il a autrefois pénétrée le plus loin jusqu'à me toucher.

Nous venons, nous, les enfants, de ténèbres qui ont joui. L'omniscience que me prête mon père appartient à une histoire qu'il se raconte, la vérité il la connaît, seul importe de s'en détourner suffisamment, tout un petit trafic où on se retrouve, dans la chambre noire qui me les révèle, Alexandre et Rosalie Sauvage, les occupés d'eux-mêmes. C'est un amour volontaire, je m'y promène, m'arrête à leur premier baiser, on y est bien. Plaquée contre leurs ventres, je deviens cette marque violette qu'elle aura demain sur la hanche et Alexandre arrêtera de porter un ceinturon. Ce sont des jours d'un autre siècle, mon père en a fait des souvenirs tenaces, et brisés.

Elle rit avec une insolence, Rosalie Sauvage. Elle aime à surprendre son monde, assener sa gourmandise, et lui Alexandre en est décuplé. Enceinte, ma mère n'aura jamais autant fait l'amour. Dans le lit, déployée jusqu'à être écartelée. Si nue. J'ai découvert le plaisir dans la tête de mon père. L'a précédé l'obsédant désir reniflé sur Lise, puis aspiré sous le talon de Just grâce à une morsure imaginaire. Ma terreur qu'il meure ce jour de la vipère était rentrée à la maison avec moi et mon père aura senti ma tension.

Il me retient dos contre son torse, sa main enveloppe mon front et il me l'assure :

— On sera toujours heureux parce qu'on est un papa et sa grande fille. Comment je ferais si je n'avais plus…

Mais je l'interromps, trop bouleversée déjà pour l'être davantage.

— Moi je serai toujours là si toi papa tu es… tu es là.

Si j'hésite, c'est parce que l'on sait. Ce qu'un enfant ne sait pas, c'est que ses parents pourraient lui survivre.

Qui a envie d'assister aux étreintes de son père et de sa mère ? Tous les enfants et aucun. Certains vont coller un œil au trou de la serrure et ils s'en veulent, leur cœur s'emballe, ils retournent au lit, coupables. Je ne les ai pas regardés, je ne les ai pas épiés, j'en sais beaucoup trop. Rosalie Sauvage est sur les genoux, elle bascule vers l'avant, il la soulève à la pointe de son sexe enfoncé rudement, bras tendus, les deux mains prêtes à serrer cette nuque, elle le lui réclame. Au début ça fait tout drôle, je voyais ma mère avec un masque de marquise en satin noir sur le visage, un masque pour aller au bal, et son costume ne s'arrêtait pas là, elle avait des menottes, comme si elle était un bandit. Ça continue de me déranger, évidemment que ça m'intéresse. Est-ce qu'on hérite des fantasmes de ses parents ? On se débrouille avec s'ils ne nous les ont pas épargnés. Il lui répète qu'elle est une ordure. Et c'est reparti pour les injures. Une ordure sent mauvais, ce n'est rien que des déchets, ce n'est pas ma mère ! Qui ouvre grand les cuisses, le regard de mon père la démonte. Elle pourchasse son plaisir avec lui derrière encore, entre ses fesses maintenant, parce qu'il entre par là aussi ! On avait appris en classe la reproduction, et de retour à la maison je m'étais inquiétée de savoir comment on faisait pour être sûr de ne pas se tromper de trou quand même. Mes parents m'avaient à moitié rassurée : je comprends pourquoi ! De s'égarer ils en font une volupté fracassante. Les corps se heurtent, elle cavale dans son désir, elle déborde de lumière, pleine de minuscules soleils qui se grimpent dessus. « Même ta peau, lui murmure-t-il, est folle de toi. » Il la met à genoux, la tête dans le matelas, la pénètre, il grandit, grandit, il sort, il revient, recommence, répète le mouvement comme lorsqu'il m'a appris à couper la viande avec un couteau. « Tu piques avec la fourchette grande fille, tu bloques le morceau et tu n'enlèves pas le couteau, devant, derrière, devant, derrière, et tu manges. » Ma mère est un morceau de viande et mon père est à la fois le couteau et la fourchette, il ne va rien en laisser. Elle rue, se jette sur le côté genoux scellés, elle est n'importe quel petit dans le ventre maternel. Paisible. Ailleurs. Elle voudrait ne pas en revenir. Après, elle se mordille les ongles. Et dire qu'elle m'interdisait de me les ronger, trouvant que c'était hideux, pourtant elle ne me disputait pas vraiment, elle souriait. Je ne le connaissais pas, ce sourire, il me gênait un peu, je sentais qu'il n'était pas pour moi. Je comprends d'où il vient.

Elle me les aura mis sous le nez, ses fesses. Elle allait nue, nous n'en étions pas gênés ; c'était elle, maman toute folle, incapable de fermer la porte des toilettes, et en plus elle râlait si je passais devant ! J'étais obligée de remarquer que certaines fois son sexe était recouvert de poils, d'autres non, je trouvais ça pratique comme un pull qui tient chaud l'hiver et que l'on enlève, ça correspondait aux saisons. Quand elle avait son sexe lisse, je le trouvais moins beau comparé au mien, et je me suis mise à regarder beaucoup, tout le temps, dès que je pouvais, mon sexe de petite fille qui allait devenir moche. Ma main au moment de m'endormir y descendait toute seule, j'ai pris l'habitude d'appuyer là pour me préparer aux rêves ; la première chose au réveil était de renifler mes doigts, je me brossais les dents mais je ne me lavais pas les mains pour en classe les respirer encore. Surtout quand elles avaient pris par-dessus les odeurs de la nature, de la rosée, des mousses.

En allant hier chez Mamoune mon père a surpris Lise et Just enlacés, il n'a pas détourné assez vite les yeux et reste avec une gêne, celle de Just, et cet aplomb forcé de ma cousine, comme s'ils percevaient tout le mal qu'ils me font. Mon père se demande quelle amoureuse j'aurais été. Il va chercher des détails, en fait des intuitions. Il n'arrêtait pas de me dire : « Un papa il sait tout. Son enfant il ne peut rien lui cacher. » Ce n'était pas une menace ou alors d'un amour total capable d'aller partout et tout comprendre ; de s'emparer de mes minuscules secrets il était encore plus mon père. Mais il gratte un peu trop, il aurait dû m'épargner Just et Lise, il m'arrive de me dire que j'aurais préféré mourir moi qui suis morte. Sortir du crâne de mon père, ce serait plus simple d'être uniquement enfermée dans une boîte. Est-ce que mon amour aurait mis son poing où mon père aime se rappeler jusqu'où il mettait le sien ? Il est en train de penser à sa main entrée dans le vagin de maman, il la blesse, il la comble. Chaque fois elle lui en est reconnaissante. Après il a un regard d'huile. Je ne savais pas que les parents avaient le droit de se conduire de la sorte, et c'est de l'amour. Est-ce que je l'aurais accepté de Just ? Qu'il ne le fasse pas à Lise. Qui n'arrête pas de clamer « Moi je vis moi ! » Comme si on ne l'entendait pas. Tous ces mercredis soir avant de nous endormir chez notre grand-mère nos regards se sont dévorés dans le noir, et on pouvait sombrer.

Ils avaient des petits déjeuners au lit à répétition. Pas de peignoirs blancs chez nous mais des heures luxueuses étirées jusqu'à plus soif à lire, à boire des litres de thé, à sourire au ciel entré par la fenêtre jusque dans leur lit. Ils se sont savourés des heures lentes, celles où l'on se découvre, où l'on ne s'est pas habitué à un autre que soi et il est tout, ils étaient des aimants. Après ma naissance les choses ont évidemment changé, un enfant bouge les lignes, réclame à peu près tout. Pour être encore plus avec, être encore plus eux, mes parents. Cette chambre sans rideaux ni volets contenait comme aucune autre les saisons. Les trois on se serrait tout du long sous une couverture blanche et on regardait tomber la neige, mais vraiment. Du lit on ne voyait pas le sol, juste le ciel, et la chute ininterrompue des flocons nous entraînait bien plus loin que nos repères. On était liés dans la chute qui nous emmenait où l'on tombe des heures et l'on ne s'écrase pas. Si on la contemplait assez, la neige nous absorberait, affirmait maman, on découvrirait où finit le ciel, où commence l'horizon, et même pas besoin de grandir exagérément, ni de devenir minuscule ; je la croyais, et pour qu'elle le sache j'appuyais un peu plus mon pied sur sa cuisse, l'autre sur celle de papa. D'une même pression ils me répondaient, on le tenait le lien ombilicœur, même pas besoin de se le dire, on était la félicité, à boire avec une paille ! Il aurait fallu ne pas bouger.

Notre maison, ils l'ont choisie pour sa chambre à ciel ouvert et les fleurs déjà poussées là tout autour d'elle, de nous. L'été le calament, ses grandes fleurs roses. Au printemps celles des gentianes, des narcisses. Là encore l'hiver l'emportait grâce à sa fleur, le perce-neige. Les autres ont déserté, lui relève la tête, résiste à tous les froids avec son air penché de grelot, « un art d'être au monde », s'extasiait maman en frissonnant. Excessive à son habitude elle y voyait tous les tableaux de tous les musées du monde. Et dans leur même blanc tendre un edelweiss, l'inaccessible à nos pieds, et la vie à son sommet tous les trois. La première fois où Alexandre et Rosalie Sauvage ont vu notre maison, avant même d'y arriver, alors qu'ils montaient vers elle, ils avaient compris au même instant que ça y était, ils avaient trouvé leur lieu ; et ils ont pensé : notre lieu. Tout le leur disait dans ce paysage des origines, avec ses blocs de granit échoués en pleins pâturages, étranges cétacés de pierre rescapés des millénaires, le début d'un territoire appartenant au ciel et au sauvage.

Même pour une chose aussi simple qu'un plateau avec du thé et des tartines beurrées, Alexandre et Rosalie Sauvage partageaient le goût du meilleur, et il fallait qu'il y ait beaucoup de tout. En tout. De petit-déjeuner dans de beaux draps, c'était Versailles, il les préparait méticuleusement pendant qu'elle, sa belle, faisait de même de son côté. Bijoux, rouge à lèvres écarlate, n'importe quel dessous du moment qu'il ne soit pas coton ! Sans oublier les accessoires, mon père se les remémore particulièrement. Et le repos trouvé à ce grand flou de l'heure qu'il pouvait être, renouer avec l'âge où le temps compte pour rien, sans qu'on ait même l'idée qu'il passe, la matinée court jusqu'au goûter, on a des siestes de prince. Leur lit est un banquet avec à toute heure l'indispensable croissant aux amandes – et pour être sûre d'en avoir elle les achetait par dizaines, les congelait –, et dans un verre une fleur cueillie pendant que l'eau du thé frémit, n'importe quel fruit de saison, une poésie qu'elle leur lirait tout à l'heure devançant le plaisir ou à la suite, selon l'humeur. Deux ou trois confitures dans des coquetiers, des dattes, les plus grosses et moelleuses, conservées dans une boîte en fer, un sablé chacun pour en avoir plein la bouche et qu'il s'écroule en une fois dans leur palais. Viendrait le moment où Rosalie Sauvage mordillerait son ongle, il continue d'en être heureux, il n'en a pas fait un regret. Ses premiers mots à elle de leur rencontre continuent de faire leur effet. « Je ne me refuse aucun plaisir. » Ils m'ont perdue et ils ont égaré leur désir mais ça a existé, non ? Ça a existé. Le crépitement à être ensemble, pareil à certaines bougies d'anniversaire, elles ne s'éteignent jamais, on souffle dessus, on croit avoir éteint la flamme et gzzzzzz, elle se rallume, on souffle plus fort mais non gzzzzzz elle danse encore, lance ses étincelles.

La poignée de terre que mon père a refusé de balancer avant que des pelletées pleines m'en recouvrent est aussi pesante qu'eux au bord du vide ; ils se sont vus chuter, ont vu le sol céder sous leurs pas, mais non ils sont toujours là, ils ne sont pas tombés. S'il meurt, leur amour, j'irai où ? Sans rien en dire ils se le sont demandé et ils ne se sont pas quittés.

Des années qu'il regarde sans y toucher la rousseur intacte de l'ancienne jeune femme dont il a goûté chaque pli semé de mille et un grains de lumière. Les nuits se sont succédé, chacun terré dans une torpeur si loin du sommeil. Ils n'ont même pas attendu que ça passe et certainement cela ne passe pas. De Alexandre et Rosalie Sauvage ne sont restés que mes parents. Sans leur enfant. Il est le premier des deux à avoir changé d'âge, ses cheveux l'ont laissé tomber jusqu'au dernier. Il me répétait de me tenir droite et ses épaules on dirait des ailes repliées. Elle, ce sont ses seins, siphonnés bien avant l'heure, Mamoune appelait les siens les raplaplas ; ceux de ma mère, quel nom leur donner ?

Il y a un ordre des choses mais il ne fait pas loi. Les femmes qui donnent la vie acceptent de porter la mort. L'acte terrible de vouloir un enfant sans pouvoir ignorer qu'il mourra. Nos parents nous font naître pour mourir mais eux d'abord. Ils ne veulent pas savoir, de toute façon ils ne seront plus là et en sont épargnés. Notre rôle en naissant est de protéger nos parents jusqu'au bout, ou on ne sera plus que la mort. On meurt toute la vie sans son enfant.

De regarder le ventre de Lise, mon père me fait sentir la douceur des pieds de mon bébé que je n'aurai pas. Mon tout-petit debout sur mon visage et ses petons grandissent au point de devenir les mêmes que Just. Je l'aurais voulu notre enfant, protégé, élevé, pour qu'il meure ? Quelle drôle d'histoire, on croit en connaître la fin mais là où je suis – où je ne suis pas –, d'enfant je ne suis pas sûre d'en vouloir. Et mon père il ne me voudrait plus ? Quand cette pensée lui vient il la chasse, la dégage. Rien et surtout pas ma mort ne lui enlèvera ma naissance. Dans les regards posés sur lui depuis seize ans, il voit cet homme qui a perdu son enfant. Certains éloignent le leur pensant l'épargner, d'autres au contraire poussent vers lui leur progéniture avec des recommandations d'excessive politesse comme si elle allait le consoler. Il a évité les chambres d'enfant, leurs pyjamas roulés en boule, les peluches sur le dos mais il a affronté la cour de récréation, la frise sur le mur du préau, sa grande fille au milieu. Matin après matin il voit les au revoir d'un papa, d'une maman, devant la porte de l'école. En grandissant l'enfant se dérobe mais combien ces baisers l'auront aidé à grandir. Il y a cette question toujours la même que l'on n'ose pas lui poser. Savoir s'il a un autre enfant. Un qui remplacerait ? On ne répare pas la mort. Aucune vie d'aucun enfant ne se substituera à son petit disparu. Et qui reste. Cela les aide eux les autres de le croire, il y aurait eu un frère ou une sœur et ce serait plus facile ? Plus acceptable ? On n'est pas obligé de vivre même pour ceux que l'on a obligés à vivre. Mais voilà il ne vit que pour moi. Quelque part où nous sommes encore tous les trois, courant sur une plage, l'écume s'enroule à nos chevilles, à nos poignets, elle dévale notre peau, s'y accroche en de minuscules cristaux de sel.

Ma mort a été une explosion silencieuse, elle les a soufflés tellement loin de ce que l'on a été. Ma mère a continué à vivre, elle a réussi à répondre à la question de savoir si pour les morts les vivants le sont aussi. À mon père, elle a dit qu'il fallait faire très attention avec la tristesse, que je les quitterais tout à fait s'ils n'étaient plus que cela. Et que ce faux ami, le bonheur, on ne lui court pas après. Ou forcément on perd. La première chose qu'elle a faite a été de semer des graines partout où j'allais le plus, où j'emmenais Trottinette, et autour de l'herbe aplatie par nos deux corps à Just et moi, même la pente de nos roulades, elle l'a recouverte d'une forêt de fleurs, de leurs couleurs, de cycles de vie, de repousses nouvelles. Et elle s'est mise à compter le temps tout le temps. En remplissant la bouilloire, en pliant le linge, en épluchant, en se douchant, en faisant pipi, à voix haute souvent, et lui l'entend. Métronome d'elle-même elle se donne un rythme à tenir pour aller vers d'autres lendemains. Elle arrive à penser à moi un tout petit peu moins, un tout petit peu. Elle a affronté les premières fois qui ne sont pas un commencement. La première rentrée sans m'accompagner jusqu'au coin de la maison et toute la journée, sans bouger, elle a suivi mon instituteur, l'a regardé s'éloigner sur notre chemin sans tenir ma main, elle l'a vu hésiter à entrer dans la classe avec ma chaise qui resterait vide, elle a senti la gêne de mes camarades et de leurs parents, ils ne savaient qu'en faire, auraient aimé s'en débarrasser. Mais comment avec la fresque sous le préau et moi dessus qui fais deux fois ma taille au milieu des autres, de Just, de Lise. Ce dessin que les enfants d'alors, aujourd'hui eux-mêmes parents, continuent de montrer. Je suis devenue une histoire que l'on raconte à voix basse parce que notre maître est toujours là face au portrait de sa grande fille de la hauteur d'une femme. Hors d'atteinte. Il y en aura jusqu'au bout, des premières fois qui font mal.

Un feu d'artifice tiré d'un bateau dans le lointain, ses gerbes multicolores, sifflantes, se succèdent dans un ciel échappé d'un grand fond. Alexandre guette les prochains jets de lumière, autant de lances enflammées sur le visage à découvert de Rosalie Sauvage entre chaque ombre qui la farde. Ils sont l'un pour l'autre la possibilité de l'amour, des jours étirés, en haut d'une falaise ocre et blanche poudrée de mica, ses étincelles qui ne s'éteignent pas. Deux bras de terre tombant dans la mer, rattachés au massif des Maures, où mon père et ses souvenirs nous entraînent quand il n'est pas au lit avec Rosalie Sauvage et à peu près partout avec moi. Il s'adonne à des festins de calamars à peine pêchés fracassés sur les rochers pour les attendrir, sa belle a ceci de maritime qu'elle s'amollit elle aussi d'être frappée. Il pense qu'ils m'ont faite là. Ventre plat, ventre rond, ventre replat, ma mère chaque année y avait rendez-vous avec ce qu'elle appelait « sa volupté majeure », elle m'en donnait l'envie, fendre la Méditerranée comme elle la préfère, un massif déchiqueté dans le dos, et nager le plus loin le plus longtemps. Les yeux fermés, elle devenait liquide, n'était plus tout à fait de cette terre ; elle n'a pas eu le temps de m'emmener aussi loin.

Ils avaient trouvé un cabanon, la façade repeinte d'une couche de chaux chaque année me faisait penser à un coquillage qu'aucune vague, ni dent de monstre marin n'arracherait de son rocher. « On est dans le ventre de la baleine », avait plaisir à répéter papa. Un cabanon juché où la roche n'en finit pas de lutter avec le vent ravageur, ayant ouvert un chemin jusqu'à la mer, et taillé des marches inégales, pleines de strates. Pour avancer, leur escarpement m'obligeait à me plaquer à la paroi, et il m'en restait des paillettes sur le ventre, sur les paumes. Même après la douche je les emportais dans mon lit, une phosphorescence. Ici encore plus c'était la vie magicienne. En revanche je ne me serais pas risquée à toucher aux figues de Barbarie, leurs aiguilles au contact de la pulpe des doigts se brisent et s'y logent. Ma mère se régalait du fruit presque pourrissant d'être mûr, elle s'essuyait les doigts directement à la roche, s'amusait à la fin de la semaine de la trace sanglante qu'elle laissait, lui donnant rendez-vous l'année prochaine. Elle voyait dans le tronc poussé d'entre la pierre une veine fabuleuse, la sève de notre falaise. Tout était prétexte à histoires pour s'approprier le lieu et faire partie de sa mémoire. J'aimais celle où Alexandre désireux de combler son amoureuse s'était rempli les poches de figues de Barbarie, il y avait gagné un baiser de premier ordre, et surtout des cuisses constellées de piquants, au point d'avoir baptisé notre cabanon La Barbarie.

Notre cabanon – en rien le nôtre – était loué par d'autres chaque semaine de l'été. Nous l'avions pour nous sept petits immenses jours, on rentrait avec et on les gardait toute l'année.

Le lieu n'est pas grand, une chambre avec douche et toilettes, une autre pièce avec un coin cuisine. Il faut empiler les deux fauteuils pour déplier le convertible où je dors, on m'a improvisé un semblant de chambre avec un paravent et me voilà idéalement séparée du réfrigérateur. Devant la porte, entre le vide et nous, un pin parasol tellement penché vers la mer, on comprend des deux bleus lequel il a choisi. D'en bas il est notre repère, il nous dit qu'on habite cette beauté. Mes parents s'adonnent à leurs très grasses matinées pendant que j'ai pour mission de ramasser les longues aiguilles du pin. Le soir, elles grésilleront sous je ne sais quels côtelettes ou loup, et on s'en lèche les babines et les doigts. Les jours de mistral les fleurs de jasmin – une autre neige – tombent dans nos assiettes ou dans les tasses. Tout est blanc dans notre cabanon, mes parents lui trouvent un air grec et s'ils ne l'avaient déjà appelé La Barbarie, j'aurais osé L'Olympe. Blancs les draps et les serviettes, blanches les bougies que ma mère ne manque pas d'apporter, blanche l'anse du rivage où la mer se roule dans l'écume, blanches aussi les mouettes à l'œil méchant, et blanc le lointain en pointillé toutes voiles dehors, on dirait qu'elles avancent sur une page blanche ; tout l'est blanc même le bleu.

Nous n'avions aucun programme à tenir, juste à célébrer l'obstination du soleil. Maman toute nue. Ici encore plus qu'ailleurs, elle se ressemble et à son nom, Rosalie Sauvage, qu'elle aime aussi entier qu'elle l'est, entière. Tout de même, elle porte un chapeau à large bord trempé de sel, on ne voit plus son visage mais une corolle blanche au rire minéral. On marche le long de la plage, elle toujours devant comme si elle voulait nous échapper, et on suit, nos pas dans les siens à moins que la mer déjà ne les ait effacés. Je voudrais dire sa beauté, ses pommettes d'actrice de Hollywood mais elle c'est naturel elle ne s'est pas fait arracher les dents ! Elle ne ressemble à aucune autre, ma mère. Sa peau de mille soleils, ses ongles flamboyants, sa manière de tout accélérer, de piquer dans nos assiettes avec les doigts et puis après de les essuyer sur ses cuisses, ses éternuements barrissants et à chaque coup ils vous font sursauter. Évidemment, les chansons. Il y en a au moins une sans sanglots !

Heaven, I'm in heaven,
And my heart beats so that I can hardly speak ;
And I seem to find the happiness I seek,
When we're out together dancing cheek to cheek.
Heaven, I'm in heaven...

Louis était Louis et maman fait Ella, *Cheek to Cheek*, c'est La Barbarie.

Les 25 août se succèdent. La première fois que je m'assieds, c'est fesses dans le sable face à la mer, je commence à marcher à son bord, j'éprouverai sa force en courant contre elle, je ne sais pas encore nager, je la soulève, mon petit corps s'y durcit, et quand elle atteint mon ventre elle me fait sentir combien elle est froide. Tête droite, menton dressé, je m'ébroue et continue d'avancer, de la défier sur la pointe des pieds, je me jette à l'eau, je suis du côté des dieux. C'est un peu l'effet qu'elle me fait quand j'y entre. Mon père n'est jamais loin. De le savoir j'en suis téméraire, qu'il m'admire. Ma mère m'a devancée, à peine arrivée, elle fonce directement dans la mer et nous plante, le père et la fille, elle redevient la Rosalie Sauvage d'Alexandre, sans se retourner. On y est bien dans cette houle de la mémoire, je me cogne exprès dans le ventre de mon père, en sentir la dureté, « ses Tables de la Loi » comme les appelait ma mère, ajoutant qu'avec de pareils abdos il pouvait ordonner ce qu'il voulait ! Je grandis et la mer reste aussi infinie, voler à ras d'elle est devenu un nouveau jeu, une cheville dans la main de mon père, mon poignet dans l'autre, je tourne, tourne, tourne à fleur d'eau, il me tient tout aussi fermement que maintenant et j'ai la mer à la bouche, un air de ma mère :

Je volais, je le jure
Je jure que je volais,
Mon cœur ouvrait les bras,
Je n'étais plus barbare.

Toute l'année nous parlions de la mer et de nos retrouvailles avec elle à la fin de l'été, c'est comme s'il recommençait. On partait le matin de mon anniversaire et la semaine entière était un cadeau. Après des heures de voiture on traversait un petit bois d'eucalyptus, l'odeur du Sud, un parfum saturé de senteurs nouvelles émanant des grands arbres, tronc tordu comme une pâte à pain, ils me donnaient envie de me coller à leur odeur. Le vent parfois la poussait jusque sous la mer, laissant derrière la route jonchée de lanières d'une écorce en lambeaux. Dans le virage juste après les eucalyptus, la Méditerranée nous décochait des flèches de lumière, elles rebondissaient sur le capot, la mer nous faisait fête, elle était à la mesure de notre ferveur. J'attendais d'apercevoir ses écailles d'argent et il n'y avait plus de route, il n'y avait qu'elle, la Méditerranée, et la promesse de journées milliardaires chères à ma mère, une euphorie inégalée d'être au monde. À plat ventre sur le sable et elle n'avait plus de joues mais une myriade d'autres grains collés dessus, des cheveux n'importe comment, la langueur lui coulait des bras et des jambes, elle n'avait plus de nerfs et on se reposait tous ! Elle était ma mère du bord de mer, oubliait de me dire « fais ci, fais ça », n'en avait même plus envie, on était d'accord sur tout ; ne rien faire à part... ne rien faire. À la fin de la journée passée tout entière sur la plage, je posais ma tête sur ses fesses chaudes à un point, confortables, je le regardais lui la regardant, on était parfaits comme ça. On était arrivés là où on devait être. On y arrive.

On devrait faire attention au bonheur. Il a ses failles, et la nôtre est encore dans la falaise, étroite et pourtant assez large pour être dangereuse. En l'enjambant nous raccourcissions de moitié le chemin jusqu'à la plage. J'avais interdiction absolue d'en approcher seule, mes parents comptaient les années, que mon corps devienne assez large. Encore une et ça irait.

Un coffre de voiture vide, un moteur éteint, des bougies sans flamme et la mémoire de la mer qui n'est plus une chanson, il y a des virages qui se prennent mal, je me retrouve enterrée dans le sable jusqu'au cou, un jeu pour rire, seulement un froid me saisit, vite soulever tout ce poids, d'abord sortir mes bras pour me délivrer, je ne vais pas pleurer puisqu'on s'amuse mais je n'ai pas aimé. Et maintenant qu'est-ce qu'il lui prend à mon père de penser à moi comme à l'un de ces échantillons d'humain pas encore complètement formés qu'il nous avait emmenées voir au musée de l'Homme ? J'étais horrifiée, fascinée, et me suis arrêtée longtemps devant des siamois à l'état de fœtus conservés dans du formol, à scruter leurs membres ratatinés, si expressifs. Je ne bougeais pas de la vitrine derrière laquelle ils étaient exposés, morts, et mouvants dans ce liquide où ils continuaient de flotter, ils en paraissaient presque indemnes. J'aurais voulu les sortir de là, leur souffler mon haleine chaude et les faire grandir, je leur aurais fait une place dans ma chambre, ils auraient été bien chez nous, on n'aurait pas tenté de les séparer, on le connaissait le lien ombilicœur. Ce que c'est que l'enfance, croire sans y croire et croire quand même à l'incroyable, ne pas en démordre. Le musée avait fini par fermer et il avait fallu partir, leur dire au revoir, les laisser éternels et magnétiques. Conservés.

Mon père s'arrête devant cette pièce où ils ne peuvent plus entrer, où beaucoup devient poussière là aussi. Il est aux aguets derrière la porte de ma chambre, exactement comme les premiers mois après le retour de la maternité, il montait plusieurs fois par jour écouter si je respirais. Il entrait, se penchait sur moi, et il refermait doucement la porte, ne repartait pas tout de suite, il écoutait ma vie dormante. Mon lit désormais vide, il le remplit de ma naissance. Ils se sont aussitôt réparti les rôles : toi tu feras les devoirs et moi je lui lirai de la poésie ; ils ne savaient pas par quel bout me prendre surtout avec des couches mais ils ont appris et qu'est-ce qu'on a ri. Ils se sont dit : pas de télévision, pas de céréales, une vie calme et claire et ils ont commencé à me lire des chefs-d'œuvre, ils voulaient que tous ceux-là d'entre les pages m'élèvent et que je n'abandonne pas celle ou celui que l'on rêve d'être un jour. Il y pense à ce mot « abandon », lui le garçon adopté a voulu pour moi tout ce qu'il n'a pas eu. Et bien sûr que ça ne suffit pas. La nôtre, de faille, a eu raison des livres, même eux n'ont pas été assez forts.

J'ai quelques heures, le visage écrabouillé, violacé, ils sont sans crainte. Elle majestueuse et paresseuse, songeuse, tellement gaie. Lui qui n'en a jamais assez de la regarder, jamais assez d'elle, et il me prend avec. De tout cela je suis l'enfant. Ils ont choisi mon prénom après un orage violent ; collés à la fenêtre dans les bras l'un de l'autre, ils ont ensuite regardé le ciel se découvrir peu à peu, ils ont cru en sa clémence. Le seul prénom que je choisirai est celui de Trottinette ; si ce n'est ma tortue aucun être n'aura voulu que je cherche à le nommer parce que je serai la première à l'appeler. Je suis née d'un amour et s'il n'était plus, je serais moins que rien, mon père le sait. Seulement ce n'est pas m'abandonner que me laisser. Si je pouvais le lui dire, je le lui répéterais jusqu'à ce qu'il l'entende.

Comme beaucoup de parents, ils ont d'abord compté mon âge en jours avant même que je sois née et quand ils ont découvert que j'avais un cœur, ils ont entendu ce que ce serait d'être mes parents. En sortant de l'échographie, la neige voltigeait jusque dans leurs yeux, elle a rejoint d'autres flocons. Ils ont continué de compter en semaines, puis en mois, puis en années, jusqu'à huit, cet infini qui se tient droit, se tient mal et ils sont passés au conditionnel. J'aurais eu vingt-quatre ans demain. Mon père continue d'additionner mes années mais la voix de ma mère ne fredonne plus *Merci l'existence* sur celle de *Gracias a la vida*. Et dans l'armoire sans fond de la mémoire surgit un autre refrain de notre bonheur.

— Ça pousse le bonheur papa tu crois ?
— Viens grande fille, on va en planter.
— Il y en aura assez ?
— Oui. On ne l'arrachera pas. On l'arrosera, et tu vas le voir grandir, grandir.
— Oui d'accord. C'est facile alors.
— Non. On y fera attention.
— Et il y en aura assez pour maman ?
— Oh oui.

Elle, le bonheur, elle le faisait briller et si elle avait pu le frotter comme avec ses placards, les encadrements de porte, tout ce qui pouvait l'être, elle n'aurait jamais lâché son chiffon. « Je prends soin de mes plinthes », elle adorait jouer avec les mots, mais pas question de plaisanter avec le rangement, son œil voyait tout. Contrôler l'intérieur de sa maison lui est encore tellement nécessaire, elle sait bien qu'elle ne met pas grand-chose en ordre mais elle a besoin que tout soit à sa place ou la pagaille aurait raison d'elle. Le paillasson reste l'objet de son attention maniaque, un paillasson aussi propre qu'un torchon à vaisselle ! Mes chaussons y sont à leur place, taille 33, elle les a laissés, ils ne sont pas du tout usés, elle avait déjà acheté la paire dans la taille au-dessus, elle est encore dans sa boîte, celle-là elle n'arrive pas à la jeter, pourtant elle encombre. Ma mère se sent comme une tasse fêlée que l'on ne va pas nécessairement jeter, au contraire on y fait plus attention. Elle se minute en secondes du matin au soir tout en faisant des bouquets, des bouquets de tout, de feuilles, de lierre, de fleurs quand il y en a, de tiges et de brindilles. Elle les regarde vivre et s'étioler, ce qu'il y a de bien c'est qu'elle peut les remplacer, elle leur laisse un jour de plus et elle les jette. Elle aime se baisser pour cueillir ou ramasser, assembler, elle se retrouve à la hauteur à laquelle les parents vont vivre les cinq premières années de leur enfant. Penchés, accroupis ou à genoux devant un qui veut tout attraper, atteindre, et patatras. Avec ses bouquets elle n'en finit pas de se mettre à ma hauteur quand elle n'avait pas vraiment peur, je ne serais pas tombée de bien haut. Mon père l'observe marcher des heures, penchée vers quelque chose qu'elle arrache. Elle revient à la maison les ongles noircis, avec des éraflures, elle est du côté des vivants.

Six mois avant ma naissance l'hiver soufflait son haleine froide et au réveil l'amoureuse d'Alexandre a découvert sur le carreau de ma future chambre une fleur de givre poussée pendant la nuit ; à la vue de ses filaments ciselés dans la froidure, elle a aussitôt pensé à un edelweiss, et ils l'ont regardé fondre, captifs d'un si bref chatoiement, le soleil l'effaçant le magnifiait. Surgi de la nuit leur edelweiss y retournait mais il avait eu le temps d'être un éblouissement. Ils s'en sont emparés, devant jusqu'au bout. Leurs yeux buvant d'infimes gouttelettes, leur relief évaporé – des années après la fleur de givre n'en finit pas de pousser.

Je suis née et il n'y avait pas encore de nuit et de jour, il y avait les yeux grands ouverts d'une, les yeux grands ouverts d'un, chaque fois que j'ouvrais les miens, ils y ont plongé s'interrogeant sur tout ce que j'en retiendrais. Chaque jour il se demande ce qu'ils auraient vu. Parfois, l'espace d'une seconde, il ne sait plus si la question vient de lui ou de moi, ne veut pas de la réponse. Toutes ces années il a regardé avec mes yeux ce qu'il a vu en moi et continue de vouloir.

Le temps on le distord jusqu'à un certain point, mais arrive le moment où il nous avale, ce jour inévitable de mon anniversaire qui n'est tellement pas ma naissance. C'est un jour comme une bête sauvage qui a senti le danger et ne peut plus y échapper. Demain.

LE PLUS LONGTEMPS

Et puis mon père est devenu rien. Moins que moi qui suis morte. À me scruter, m'éplucher, et me voir encore seize ans après, jouer dans le champ derrière la maison ou dans la cour de récréation tout en corrigeant les devoirs de ses élèves de mon âge, mon père n'a eu de cesse de me retenir, et il me sait par cœur.

Seulement j'aurai toujours huit ans ce sont nos années, tout un bonheur que l'on n'aura plus. Je suis tombée dans une faille et j'ai rebondi sur une étoffe plus profonde et plus changeante encore que la mer, je me promène là, dans les plis et les replis du Temps, et son étoffe aujourd'hui est si déchirée, mon père n'arrive plus à la recoudre. Demain il n'y aura plus qu'un trou et cet homme fort de tous ses fantasmes, tous mes rêves, tous les souvenirs, n'y pourra rien, je vais passer au travers. Il doit me laisser le quitter. Même ma mère le lui dit. Sans lui répondre il me répète : « On n'abandonne pas son enfant. »

Pour arriver jusqu'à cet énième anniversaire demain, ça n'a pas été jour après jour mais instant après instant, comme s'il n'y avait eu que des débuts de phrases jamais terminées puisque ma voix s'est tue. Il m'écoute, un écho venu de nulle part où je suis, de trop loin pour qu'il porte vraiment. Ma mère le sait et si moi je le sais, lui aussi.

Je voudrais que la nuit me prenne moi aussi. C'est un refrain, ce n'est pas une chanson. Ils ont tenu, lui dans sa classe devant des élèves qui sont autant de mirages, elle dans des maisons vides, devant des bouquets qui se sont immanquablement fanés. Nus de douleur. Il ne doit pas y ajouter la mienne. Et demain me déchire. Parce que cette année j'aurais pu donner la vie. Je ne suis pas sûre de vouloir assister à la naissance de l'enfant que j'aurais eu avec Just et qui n'est que le sien.

Régulièrement mon père a imaginé toutes ces vies que j'aurais pu avoir. Celle toute tracée, avec Just, notre bébé, la maison dans la nature et un travail qui ne serait pas un travail tant on l'aime. Écrire ? Elle me plaisait cette vie mais ça n'a pas suffi. Il m'en a inventé d'autres, nombreuses, il n'y en aura jamais assez. Il y a celle où j'ai suivi des études de droit. Quelle idée ! Loin d'eux en plus, mais Paris lui a semblé le meilleur endroit où vivre mes vingt ans. Il avait dans l'idée que je sois juge pour enfants, seulement j'ai vite arrêté la fac. Dans une de mes autres vies faites sur mesure j'ai voulu manger le monde, pas le changer, j'avais trop à faire avec moi, j'ai voyagé et ça a été mon ressort pour atteindre une quiétude que je ne possédais pas, une énergie du diable oui. J'en suis revenue entière de ces ailleurs, le péril derrière.

Selon le besoin qu'il avait de m'avoir près de lui, mon père a opté pour des voies différentes. Me voilà en train de bûcher ma médecine, rien d'autre ne compte, être admissible, et on est là tous les deux devant le tableau annonçant les reçus et les recalés ; j'avance seule, cherche mon nom dans la liste et je me mets à pleurer, lui déjà renfloue sa peine pour sa grande fille mais non ce sont des larmes de soulagement ! J'y suis arrivée ! On fait une fête ouverte à tout le monde, avec de grandes nappes blanches à même le champ et il se met à pleuvoir alors maman nous ouvre une de ses maisons vides, Mamoune accueille chacun avec un « On l'a eu ! On l'a eu ! » Ce diplôme devenu le sien, elle qui comme tant d'autres de sa génération a surtout fait mère en guise d'études. Tant de vies, de ma vie imaginée, tant d'événements déroulés méthodiquement, obstinément. J'ai eu plusieurs maris, plus qu'aucune autre, j'ai même eu des épouses, et elles ne dérangeaient pas mon père, il a aimé être galant avec elles, et ma mère les trouvait belles. Il y a des existences plus faciles que d'autres, mais certaines avaient leur lot de couleuvres, et pas question cette fois de les confondre avec une vipère. Des maladies, des divorces, le chômage, une multinationale qui vous broie, je ne sais pas où mon père est allé chercher tout ça ? En regardant autour de lui, en coupant le sifflet aux informations mais pas assez vite ; il a arrêté en plein milieu une de mes vies où j'étais diplomate en Afrique, la guerre a éclaté, ça devenait trop dangereux. J'ai été anorexique aussi et il a essayé boulimique. À me vomir. Autre chose, il m'a donné un goût immodéré pour la vodka. Je buvais et je riais faux, je ronflais mais je ne me reposais pas. Changement de cap, cette fois je suis sérieuse, taiseuse, je ne ressemble pas à ma mère, même si quand même comme elle je suis pleine d'inquiétude ; je veux une vie droite, sans accélération, avec un compte bancaire stable, une maison à trouver, trop de travaux qui ne finissent jamais. C'est la période où je me débats, engluée dans un quotidien sans magie. Sans la magie de ma mère. Mon père a été jusqu'à imaginer sa mort et on l'enterre ; à moi aussi il a pensé donner un cancer, j'en ai guéri, pas elle. Nous voilà derrière son cercueil. Combien de temps elles vont rester jointes ses mains entre ces quatre planches ? Elle ne l'a pas demandé mais pour soulager Mamoune il y a un prêtre, je me redresse, on est au premier rang, je prends la main de mon père, mais c'est vers elle, maman toute folle, que je me tourne, je la fixe au travers de l'acajou, je la cherche encore, je n'ai pas beaucoup de temps, celui d'une messe où un inconnu fait comme il peut pour en faire une croyante, les prières se succèdent, autant de vœux pieux. Quand je lève la tête il n'y a pas de ciel mais un plafond peint. Je réfléchis à rassembler ce qui a compté, tout contenir, ce qui fait qu'elle était unique et pas seulement parce qu'elle était ma mère ; et mon père enfin m'oublie un peu, il est avec elle qu'il a fait mourir pour que je sois là encore. Et il s'en rend compte, il n'a jamais compté toutes ses taches de rousseur, il la sortira de la nuit et il le fera. Mais avant il désire que je dise ou lise quelque chose pour elle. Un poème ? Elle les recherchait tant. Une page de leur Racine ? Certaines elle les savait par cœur, ou plutôt par TOUT. Je durcis en moi tout ce qui peut l'être, je ne veux pas que ma voix se brise. Je vais y arriver, et ce sera elle encore. Je chante.

*Aux marches du palais, aux marches du palais,
Il y a une tant belle fille lon la, il y a une tant belle fille.
Elle a tant d'amoureux, elle a tant d'amoureux...*

C'est lui que je regarde maintenant, je retiens ma voix, déroule lentement les strophes, que ça ne soit pas fini, je ne tremble pas.

*La belle, si tu voulais, la belle, si tu voulais,
Nous dormirions ensemble lon la,
Nous dormirions ensemble.*

On est là tous les trois, ce sont ces mois de la photo où l'on ne me voit pas, on me devine à peine et pourtant... Rosalie Sauvage le caresse, son ventre, et son nombril a déjà mes yeux et mes oreilles. Cette chanson, je l'ai apprise par là, l'ombilicœur. J'irai jusqu'au bout, ma mère n'est pas morte, je ne suis pas morte, elle est sans âge et j'ai tous les âges, ceux de s'aimer le plus longtemps.

*Et nous y dormirions, et nous dormirions,
Jusqu'à la fin du monde lon la,
Jusqu'à la fin du monde.*

Ce n'est pas la fin du monde, c'est un monde où je me débats grâce à mon père, son esprit en vrac. Il marche, il conduit, se lave, il corrige les devoirs de ses élèves, il fend du bois et il reprend minute après minute le fil d'une histoire qui s'est arrêtée net. Ma mère l'observe s'absenter, ne plus être à ce qu'il fait ; il est à moi. Elle l'accepte, se dit que c'est nécessaire et elle retient son souffle pour ne pas le faire revenir sur terre puisque je n'y suis pas. Comme si elle aussi pouvait voir ces images qu'il déroule, avec leur infinité de détails, d'options. Je suis devenue toutes les figurines d'une reconstitution maniaque, comme celles d'un champ de bataille et ses miniatures aux costumes peints minutieusement, elles vont tomber les unes après les autres, et celui qui en est le grand ordonnateur les couche doucement comme si cela pouvait leur épargner leurs blessures alors que ce n'est qu'un massacre de plus. Mon père devant ma mère défaite m'a ainsi conduite au terme de bien des existences, multipliant des pistes imaginaires comme si elles pouvaient me secourir. Évidemment ça n'a pas marché. Pour qu'elles l'absorbent, l'obsèdent et l'éloignent de sa grande fille, la vraie, il a eu recours à des éventualités de plus en plus tristes, et même sinistres. Au point de s'être imaginé avoir une attaque cérébrale pour que je sois tout le temps à son côté. C'était pratique, il avait enterré ma mère. Cette fois, à mon tour de lui apprendre à lire, lui réapprendre à écrire.

Il a parlé de se mettre en arrêt maladie pour dans sa tête passer plus de temps avec moi à son chevet. N'importe quoi ! Sa femme l'a secoué, elle ne l'a pas laissé lâcher l'école. Pour finir, il a inventé qu'on se fâchait, je ne voudrais plus le voir, plus lui parler, que ça durerait des années, à être injuste envers lui, hostile. Et parce qu'il était mon père il n'aurait pas le droit de m'en vouloir. Ce qui s'est passé, il ne m'en a pas voulu. Toutes ces péripéties, si décevantes et calamiteuses soient-elles, valaient mieux que tout. Moi.

Je suis un éclat mais de plomb dans la tête de mon père, et il nous blesse, nous lance à chaque seconde, et nous amenuise quoi qu'il en dise. Il n'y a qu'une chose à faire, qu'il me laisse tomber. Aucune trépanation ne me sauvera, qu'il m'extraie de là, l'accepte et arrête de livrer une guerre à la mort. Ou on ne sera même plus un.

Une neige vociférante, un brouillard plein la tête, mon père s'éloigne de la maison bien nerveusement puis beaucoup trop tranquillement, entraîné non par une mais deux tourmentes. Il sait où il va et il ne le sait tellement pas, il va où je suis. Loin de l'indicible que je suis devenue, leur enfant qu'ils n'appelleront plus à voix haute. Le membre fantôme de mes parents, une ulcération où il y a une béance. Si on les laisse faire les absents ont raison de nous et ils nous possèdent.

Il marche. Sans voir les arbres endiamantés, la source vive pétrifiée, il est dans la plus grande joaillerie du monde et il ne veut pas le savoir ; aucune lumière ne pourrait l'arrêter, elle peut bien prendre le soleil, donner aux arbres leur chatoiement, davantage que vers notre grange c'est au-devant d'un souvenir qu'il se dirige, vers un petit garçon et son père il y a un demi-siècle. Les deux marchent dans la neige, une première pour le plus jeune et elle l'envoûte. Les images reviennent dans une bouffée d'enfance. Mon père suit les empreintes d'un homme et de son fils, elles le mènent devant une ruine, aucune maison n'aura été plus importante pour grand-père Pierre. C'est là qu'il a aimé. La seule fois. Et cette maison, ce qu'il en reste, est devenue pour lui une femme. Une très jeune femme. Je découvre qu'avec la mémoire les lieux peuvent être des gens, un paysage devient un unique amour, et une vieille bâtisse une jeune fille. Ses pierres sont des veines, ses lauzes sont une chevelure, et l'air qui la traverse une respiration. Un halètement. Un escalier aussi haut qu'une poitrine ronde gonflée de jeunesse débouche sur un couloir et au fond ce qui était une chambre est un cœur. Qui n'a pas fini de battre. Quand le père de mon père y entre, il n'a plus d'enfant, seulement une femme à retrouver, dont il ne reste qu'un corsage criblé de rouge et ça n'a rien de beau. Pendant une seconde grand-père Pierre ne veut vivre que pour elle, seulement pour elle. Mon père qui n'a pas dix ans découvre l'irréductibilité de la tristesse, il approche, elle ne lui fait pas encore peur, elle ne lui prendra pas son père. « Tu vois mon garçon cette neige qui recouvre le toit ? Regarde bien sa masse et réfléchis à son poids, à tout ce qu'il peut étouffer. La neige va glisser, et avant ce soir elle aura suivi la pente. » Un silence, avant d'ajouter : « Tu rases les murs et tu disparais. Il suffit d'une seconde, et ce que tu regardes, qui est si parfait, indemne, d'un coup peut te tuer, tu comprends ? » Qu'est-ce qu'il comprend le petit garçon ? Que ces mots le poursuivront jusqu'à aujourd'hui ? Qu'une fraction de seconde suffit pour être étouffé par ce qui nous a paru le plus pur ?

Mon père pourrait se perdre, la neige est un autre paysage, il laisse son souvenir le guider, l'attirer, et il se colle au mur de notre grange, la masse blanche sur son toit le domine, un fracas qui ne demande qu'à glisser, pas besoin de lever la tête pour en percevoir le grondement prêt à l'ensevelir. Qu'il se dérobe à lui-même et il m'oubliera enfin. Mais je serai morte deux fois. En classe notre instituteur nous avait demandé d'expliquer l'expression « La mort qui gagne », j'avais illico levé le doigt. « Ça veut dire que personne gagne c'est ça ? » Quel sourire il avait eu, et comme il l'avait contenue, sa tendresse. « Oui... personne ne gagne. »

Cet hiver alors qu'il cherchait la mort et se collait à elle sous le toit de notre grange, patient et impatient, plein d'un espoir insensé – en finir avec moi qui ne suis plus, avec lui qui m'est trop – il a voulu que l'on soit ensemble une dernière fois dans une de ces vies qu'il nous invente. Et là, panne sèche ! On était sous cette épée de Damoclès de glace, et il s'était mis dessous exprès, alors qu'il n'attende pas de moi que je le suive là-dedans ! Je ne lui en veux pas de ne pas avoir empêché ma mort mais il ne m'entraînerait pas où il souhaitait aller.

Au-dessus la neige craque, menace, sur le point de tomber et elle va nous broyer. Il n'y a rien à imaginer qu'un homme à bout de forces, à bout de tout. La mort ne répare pas la mort, et elle ne l'absout pas. Il aurait voulu que la mer n'ait jamais existé, il aurait voulu... que je ne sois pas née ?! À cette pensée il bondit loin de l'avalanche. Non ! Il ne finirait pas là-dessus, ne m'entraînerait pas là-dessous. Il a continué.

Mamoune qui houspille tout le monde mais s'y risque rarement avec mon père, quand elle a vu les traces menant au toit, toute la neige tombée là avec le dégel – « de quoi tuer un homme » – s'est jetée férocement sur le tas, déblayant à la main des heures et des heures, narguant le malheur, et jusqu'au tracteur venu en renfort dégager la route. Une dame au bout de sa vie qui sait ce qu'elle lui a coûté. « Ce n'est jamais propre un suicide. Tu as pensé Alexandre à la mienne de fille ? T'y as pensé ?! Ce sera le tour de qui ensuite ? Attendez que je sois partie, après vous ferez ce que vous voudrez ! » Elle ne l'a pas lâché de tout l'hiver. « Tu ne crois pas que c'est mon tour, non ? Et que ça ne tarde pas, mon Dieu. Et tu vois, ce qui me sera le plus dur, c'est de ne plus avoir de nouvelles de ceux que j'aime, ne pas savoir ce qui leur arrive. Est-ce que ça se passe bien. » À bientôt quatre-vingt-treize ans, ma grand-mère continue d'être la première du hameau à ouvrir ses volets, répétant depuis vingt ans qu'elle est arrivée ici : « La vue n'est pas à moi mais elle n'est pas aux autres. » Certains font des phrases, Mamoune, elle, fabrique du bon sens. À Lise lui vantant la beauté de Just, elle rétorque : « Est pas beau ce qui est beau, est beau ce qui plaît. » Elle n'est pas tendre, elle est un bloc d'amour brut qui supporte beaucoup. Face à la peine elle retrousse ses manches, arrive elle ne sait pas trop comment à lui tenir la dragée haute. « La mort d'un enfant ça s'arrête jamais, c'est comme une trahison. » Hier encore elle le lâchait à sa gazinière, dos tourné à mes parents, elle continue encore de leur faire notre gâteau. La part qui reste une fois qu'ils sont partis, elle ne la donne pas aux oiseaux, elle la regarde se rassir dans mon assiette. Elle est celle mois après mois qui aura secoué son enfant. « Reprends-toi ma fille ou tu seras une de ces femmes dans leur cuisine qui se frottent à un plan de travail pour sentir que ça vit en bas. Parce que ça arrive vite tu sais, on croit être quelque chose et on n'est rien. Pas toi ! » La mettant en garde avec un entrain forcé : « Et ces hommes qui caressent leur barbe parce qu'ils n'ont rien d'autre à caresser. Attention que ton mari ne laisse pas pousser la sienne. » Le mari, il s'endort et il se réveille, c'est qu'il doit être encore vivant. Il sort de l'école le soir, emprunte notre chemin, il dépasse la maison et marche jusqu'à ce que ses jambes ne le portent plus. Pour tenir. À force d'errance il me sème. Oh pas bien loin, et si fugacement. Il soulève des racines, des cailloux, ne trébuche pas et même il sourit parfois à certains déplacements dans les fourrés, ce qu'il en devine, qui le fuit et s'échappe. Quand les fourmillements sont au point que ses jambes tremblent et qu'il pense à respirer, libérer tout cet air bloqué, il fait demi-tour, rentre chez nous. Entendant la porte s'ouvrir, ma mère change de pièce, elle n'en veut pas de sa défaite, ce n'est pas un homme, c'est un effondrement. Le soir elle borde un spectre à deux visages, et ils s'endorment, au bord de ce qu'ils ont été. Dans leur nuit réciproque, la même sentinelle veille sans faillir, qui les empêche de retourner à cet instant sur une plage où ils ont fermé les yeux et je ne les ai plus rouverts. Pourtant c'était de l'amour, une de leurs étreintes dont je suis née. Une gamine en a fait un collier, de leurs baisers, elle ne l'enlevait jamais, ni pour nager ni pour dormir, et surtout pas pour grandir. Elle l'égrenait comme on touche sa vie, et on a six, on a huit ans, on est vieux comme le monde.

Mon père a refusé que l'on remplace mon sang par du formol pour soi-disant retarder la décomposition, mais ils ne lui ont pas proposé de me plonger dedans. Il lui arrive de penser aux mouches dans ma bouche, aux larves dans mes narines, mes viscères bouffés par les gaz, leur explosion. À ma peau d'enfant devenue dure comme un cuir pas encore tanné. Quand un en blouse blanche en est arrivé à parler de mes organes, il est allé s'accroupir derrière un mur, n'a pu l'endurer que plié en deux, à ras de terre, et ma mère s'est mise à genoux, sa voix aussi à genoux. Deux à hauteur d'enfant. Ils ont essayé de vouloir, de pouvoir, qu'un autre, d'enfant, soit sauvé parce qu'il aurait mon cœur, ou mon foie, mes poumons, parce qu'il aurait suffisamment de moi pour continuer à vivre, et non comme eux commencer à mourir. Ce n'est pas lui qu'ils veulent sauver, ils s'en fichent d'un autre enfant. Ils vont me laisser être enfermée dans une boîte où tout le monde étoufferait, ils vont l'écouter ma boîte gronder sous une mitraille de terre, et à la fin quand il n'y aura plus personne, ni de ciel, ils ne me diront pas au revoir.

Et pour cela ils ont besoin que je sois entière, besoin d'une image, d'une enfant qui n'a pas été sage. Ils vont chercher loin mon tout petit cœur, invisible déjà et qui battait, ma vie découverte, dans une pièce laide de la maternité éclairée par un néon capricieux, et elle est restée la création de notre monde. Ils voudraient demeurer là quand je n'avais pas de prénom, pas de sexe, pas de beaucoup, dans cette pulsation répétée, entêtée. Ineffable. Un battement du fond des âges et quand ils l'avaient entendu, Alexandre et Rosalie Sauvage, ils en ont oublié que l'on meurt quand on est.

J'aurais certainement été une jeune fille morbide, curieuse de la mort, aimant la côtoyer, fixer le prix de ma vie. Il est tellement de manières de la narguer, tellement de cimetières où croire que l'on respire mieux au milieu de ceux qui nous paraissent plus vivants. Mon père a été ce jeune homme ami des tombes, il s'y est inventé une plénitude, compagnon de détresses inconnues qui le reposaient de lui-même. Il lui fallait mettre un peu de mort dans à peu près tout, il se préparait à il ne savait trop quoi l'existence le lui soufflait. Il nous a embarquées dans sa marotte, après le musée de l'Homme, ses siamoises plongées intactes dans le formol, on a retraversé Paris au pas de charge pour arriver juste avant la fermeture de la billetterie d'une exposition dédiée à Osiris. Davantage que devant les momies ou les sarcophages, je me suis arrêtée en découvrant les grandes jardinières dans lesquelles les Égyptiens semaient de l'orge mêlée au limon du Nil pour qu'elle germe et la vie repousserait. J'aurais bien grimpé dedans, y faire une sieste. De retour chez nous, j'ai eu l'idée de remplacer le limon par la tourbe. Sans hésitation j'ai vidé la plus imposante des jardinières de maman. À notre tourbe j'ai ajouté des racines de pissenlit dont Trottinette était si friande, elles remplaceraient avantageusement l'orge et ma tortue alléchée accourrait. Mais ça ne marche pas comme ça. Aujourd'hui la jardinière est replantée de pensées, elles s'y bousculent, mais pas autant que dans la tête de mon père resongeant à cet homme encore jeune à terre, et sa femme. Ils n'ont pas pu signer les papiers nécessaires, ils ne sont pas arrivés à se rallier à aucune bonne raison. À l'admettre. Lui faisant non de la tête, elle baissant la sienne, et le médecin si pressé l'est devenu encore plus, ils sont ressortis, ils ont repris leur taille adulte, ils ne s'en sont pas relevés.

Hiver après hiver, je les ai vus mes parents aimantés à un âtre froid, côte à côte sans se toucher, sans un mot, s'écoutant respirer. D'autres soirs avaient eu leurs histoires, quand ma mère ne lisait pas à voix haute mon père les inventait pour nous trois, on s'asseyait chacun à sa place, les pieds de ma mère dans les mains de mon père, les miens dans les siennes à elle, leurs doigts d'adultes dispensant un massage par une succession de pressions appuyées, quand mes mains, elles, cherchaient à les atteindre tous les deux. On était bien et ce bien me porte où il n'y a pas de tourmente, pas de neige qui tombe d'un toit, pas de faille dans la falaise. Le vent pouvait siffler, entrer par la cheminée, soulever des cendres déjà recouvertes de braises, il pouvait remuer la poussière que même ma mère n'avait pu repérer, malmener la porte d'entrée couinant de tous ses gonds, il ne me faisait pas peur et j'écoutais sa plainte avec l'assurance de ceux qui ne risquent rien, vraiment rien, parce qu'ils ont des ailes à leurs talons dans des mains douces.

D'emblée, l'histoire de la petite flamme a été notre préférée. *Il était une fois une petite flamme. Qui refusait de s'éteindre. Elle brûlait, la petite flamme, dans la cheminée, elle attendait son bout de bois chéri. Avant d'être un lasso de lumière attisé par un souffle d'air, elle avait été une bûche et, sur un fagot dans un appentis au toit percé, ils avaient, son bout de bois chéri et la petite flamme, frotté leurs écorces tant et tant, tant d'heures, tous les deux pleins d'échardes et c'était bon. Ils se l'étaient juré de ne pas brûler l'un sans l'autre, mais voilà qu'un dimanche d'automne on vint la chercher, la bûche bonne à brûler, ils n'eurent pas le temps de se dire adieu, déjà elle était dans la cheminée. Alors elle décida la bûche devenue la petite flamme de ne pas s'éteindre, de brûler coûte que coûte, et de l'attendre vive et vivement son bout de bois chéri. Elle ne se consumerait tout à fait qu'avec lui, pour lui. Les autres bûches, dessous, dessus, faisaient de belles braises, elles devenaient des émaux, se reflétant de tout leur vermeil dans le salon, elles suaient et puis elles s'éteignaient, pauvre tas de cendres, mais pas elle la petite flamme, et son don d'amour la tenait haute. Inextinguible. Malicieuse quand d'autres pfffft chuintaient et se taisaient à jamais, elle continuait de plaisanter. « Je ne suis pas un sarment, moi, je suis un serment. » L'hiver allait toucher à sa fin, et un soir il fut là, sur elle, son bout de bois chéri. Comme elle l'a léché la petite flamme, l'a allumé comme pas une. Ils ont été un brasier de légende, ils ont eu des soupirs et flambèrent de concert, ce fut une nuit de fête, et l'aube a surpris deux joyaux incandescents, on ne les séparerait plus. À la fin, s'éteignant tout à fait ils se sont souri, la petite flamme et son bout de bois chéri. Une pelle, un coup de balayette et les voilà mariés au vent, leurs cendres n'en sont pas revenues.*

Quand on l'écoute le vent après une histoire pareille, il vous pousse des ailes à rendre jaloux Icare.

Après ma naissance et l'installation de Mamoune juste à côté de chez nous, mes parents ont attendu avec une impatience même pas dissimulée les mercredis soir de me confier à elle, et ils ont commencé d'attendre le moment où je serais grande, où je quitterais la maison et le sexe reviendrait, ils se le sont dit quelques fois sans en être vraiment sûrs, et de l'avoir souhaité de me voir éloignée les meurtrit, d'avoir espéré ce moment où ils en profiteraient parce que je ne serais pas là. Leur enfant ils ne l'ont plus et ils sont deux boulets dans leur lit, deux forçats du malheur. On est trop vivant quand on est malheureux. Mes parents ont fait l'amour avec gourmandise autrefois, je les en ai dégoûtés. Seize hivers à côté, pas côte à côte, et une solitude définitive. À se regarder le moins possible, redoutant non pas ce qu'ils verraient mais ce qu'ils ne voient plus. Les narcisses blancs dans un champ, les frémissements d'un ciel changeant, la paume d'un beau jeune homme qui, touchant le ventre de sa femme, lui a dit un jour : « Il est important cet endroit, notre famille a commencé là. » Et on se laisse bercer par le chant d'une allant dans les graves et ne craignant pas de répéter avec Chet Baker : « *Let's Get Lost.* »

Ce qu'il leur faut maintenant à Alexandre et Rosalie Sauvage c'est un possible. Quand mon père se rappelle les heures du bonheur, on voudrait y rester même si je me passerais volontiers de leurs acrobaties. À tout voir, tout savoir, installée dans sa tête. Après la neige tombée du toit, il m'a promis de ne plus céder à ce terrible espoir du désespoir. Espérer quoi ?! En finir avec ce que l'on ne peut affronter, voilà. Il ne m'a pas entraînée là-dedans, il me dit qu'il y arrivera. En cachette, se le dit-il ? Alors leurs cabrioles je peux bien faire avec. Nous sommes une seule substance et je me laisse envahir par son ancien désir. Désir têtu pour ma mère. Alexandre et Rosalie Sauvage ont fait l'amour comme ils respiraient, puis moins, et puis quand même. Leur amour comme souvent a été d'abord leur jouissance. Ce qu'il en reste aujourd'hui il l'ignore mais je sais qu'avant l'aube la main de mon père cherchera son sexe, qu'il le collera à ma mère et ses fesses endormies, s'y appuiera sans oser. Mon père se caresse, il est seul et je suis là. Si sa main tout entière l'explorait elle encore, et la comblait quelquefois, peut-être pourrais-je m'égarer moi aussi. Il éjacule mal, clandestin du désir, il sait que sa femme ne dort plus, que sur le drap son sperme est froid.

Il m'avait promis qu'il serait toujours là. Leur mensonge préféré aux parents, ils viennent le soir vous dire au revoir, on est à moitié endormis et eux vous murmurent : « Je serai toujours là, mon délice, mon ange de la joie douce, merveille de l'amour enchanté », ils caressent votre front, que ça rentre bien dans votre tête. Grand-père Pierre lui aussi avait promis d'être toujours là et à trente-trois ans mon père a dû l'inhumer. Il y avait pourtant cru, le petit garçon, réclamant le soir avant de s'endormir les mêmes mots magiques. Ce doit être pour cela que ça fait si mal le jour où ce n'est plus vrai, où la main d'un père ou d'une mère ne se posera plus sur le front d'un enfant que l'on n'est plus depuis longtemps. Et si cela arrive vraiment trop tôt, que l'on ne sait même pas qu'il peut y avoir une autre caresse que le souffle de son père, le souffle de sa mère, on est fauché net. On peut mourir et vivre longtemps. Une petite fille privée de sa maman, elle ne la remplacera jamais, d'ailleurs elle ne le veut pas. La petite fille va grandir, continuer à faire des bêtises, elle sera mère à son tour, rien n'y fera, elle est morte, quelque part ; elle y est restée.

À quel moment j'ai compris que pour mes parents je comptais plus que tout ? Que même avec des mauvaises notes, même moins jolie, même pas gentille, je compterais plus que tout pour eux. Plus que notre maison, plus que la mer pour maman, plus que ses livres, plus que tous les élèves réunis de papa, plus que mille milliards de montagnes d'or. Que pour l'un et l'autre je comptais plus qu'eux-mêmes, passais avant ma mère pour mon père, avant mon père pour ma mère, qu'ils m'aimaient à ce point. À quel moment un enfant le comprend ? Et il en fait son socle. On a beau être le plus amoureux des amoureux on ne peut pas faire autrement notre enfant vaut plus que tout.

Face à mon père, ma mère, les gens sont souvent mal à l'aise avec la tragédie que je suis devenue. Dans leur tête ils établissent une hiérarchie des comparaisons du pire et du plus terrible, essayant de trouver ce qu'il pourrait y avoir d'acceptable dans la mort d'un enfant. Les deux premières années, les voisins en les croisant sont arrivés à bannir les « Alors ça va ? », à ne pas les interpeller d'un « En forme ? ». Mais un jour ils considèrent vous avoir laissé le temps de vous remettre et ils décident d'arrêter de vous parler comme si vous pouviez encore en être malheureux. La foudre a frappé, l'arbre est noir, calciné, mais il a encore ses branches, non ? Ce que les gens se racontent eux aussi.

Accroupie près d'un massif de lavande, une gamine s'y est inventée reine des pâturages, des bois et d'un torrent. Attirés par la lavande en fleur, les papillons m'effleurent, leurs ailes fragiles, ils vont, viennent, patiemment j'attends que l'un d'eux se pose sur mon bras, mon épaule, ma joue, mes genoux pliés. J'ai l'âge de ne pas sentir mes articulations, d'être sans douleur. Au contraire, mon père qui vient de s'accroupir à ma place a les genoux qui flanchent, et il vacille de ne rien oublier. J'étais rentrée pensive à la maison, et bien sûr mes parents l'ont remarqué. Je me demandais... leur ai demandé si c'était possible qu'un papillon il ait une amoureuse humaine. Parce que pendant un long moment au pied de ma lavande, un papillon venait de se poser sur mon pied, ses ailes ou ses antennes, je n'avais pas bien vu m'avaient chatouillé, c'est si poudreux, si froissable un papillon, je le regardais du bout des yeux. « Il t'a butiné le pied » a encore souri maman, et en fait ce n'est pas vrai, on a souri tous les trois ; oh oui il me butinait et quel délice, étrange d'être le steak d'un papillon et même pas mordue ! C'était une crème ses ailes, d'un jaune fondu avec une veine dedans, noire, elle palpitait à chaque battement d'ailes, je l'avais quand même bien observé finalement, détournant les yeux juste une seconde pour cueillir un brin de lavande, le froissant sans hésiter, libérant son parfum et peut-être mon papillon il lèverait les yeux, j'avais préparé un sourire encore plus grand que tous ceux de maman réunis, un gigantesque. Et maintenant mon père, il fait la même chose, oh pas de sourire, de se frictionner le bout des doigts avec la lavande, il revient dans ce jour-là, il en voit la lumière chaude, il revoit ma mère, sa peau qui veut bien dorer mais pas plus, ses yeux qui se marrent, et alors on y plongeait. Il sent même ma sueur à peine perceptible où je transpirais au-dessus de la bouche, et là il est en train de se dire que ça sent bon quand même le passé. Je leur avais dit, que les ailes de mon papillon elles allaient parfumer le ciel. Mon père respire ses doigts comme si mon souffle était là, et c'est vrai le ciel sent la lavande, il sent tous les temps.

Longer ce massif lui retourne le ventre et pourtant toute l'année il attend d'en arracher un brin en fleur. Que tout l'assaille. Quand il rouvrira les paupières il en verra d'autres de papillons. Noirs. Sa pensée en est comme un chien à l'arrêt. Ma mère est plus raisonnable. Elle continue d'allumer les bougies derrière la fenêtre, ils vont se coucher sans les souffler et elles brûlent la nuit. Elle veut que je sache qu'ils ne me laisseront pas me perdre. Ils n'ont pas touché au livre que j'avais laissé corné sur la table basse du salon pour le retrouver à notre retour de La Barbarie. Ma mère le soulève régulièrement, elle passe l'éponge, compte une minute que ce soit sec, elle le tient bien à plat, il est encore plein des grains de sucre des friandises qui vont avec la lecture, et sur la première page il y a la trace de mon pouce, d'habitude elle se serait empressée de la gommer, celle-là est sacrée.

Tout comme ma main dessinée, qui n'a jamais grandi, elle n'a pas bougé de la porte de ma chambre et n'aura pas arrêté de cogner, elle a pâli au soleil et le gras de la Patafix qui la tient droite dans son cadre a fait une auréole, on dirait une bague. Mon absence à ce point présente m'aura fait vivre plus longtemps que ma vie.

Et maman toute folle n'a plus été que ma mère, quelqu'un qui n'a pas tout à fait dit adieu à Rosalie Sauvage et a réussi à laisser ma tombe où elle est. Contrairement à mon père, elle ne me cherche pas dans à peu près tout, elle peut regarder sans déglutir la trace plus pâle dans le bois de la table de la cuisine à côté de mon assiette, à force de frotter l'endroit où je remisais ce que je ne voulais pas : les os, la peau, le gras, les brins de romarin et de persil, pas question alors de mélanger le bon et le pas bon. Elle peut aussi avec sa manie de compter, verser dans le creux de sa main mes dents de lait, elle sait exactement combien il en restait à tomber. Elle a recommencé à manger le cœur de la salade qu'elle préfère, elle me le donnait toujours, avec ces mots : « Je suis une maman. » Et quand elle allume les bougies devant la fenêtre elle n'y voit pas forcément notre reflet danser. Ma mère continue de m'aimer dans le vent bien plus que dans le ciel, ce vent qui attise les petites flammes et fait courir les nuages, avalés par l'immensité d'où ils ont fui. Les imposants et les chétifs, elle s'ingéniait à me montrer leurs petites jambes sous leur frou-frou, la dentelle de leur contour ; à la première brise on les observait avançant à marche forcée, leur trouvant belle allure. Celui-là avait le cou d'une girafe, cet autre une trompe d'éléphant, et parfois on reconnaissait toute une tribu. Les bébés nuages nous attendrissaient particulièrement, on aurait aimé les voir grandir et on se félicitait de les savoir loin si la pluie venait, on ne les verrait pas crever.

Les mois qui ont suivi ma mort, l'utérus de ma mère a enflé, contracté à un tel point que le sang n'y affluait pas, il n'était qu'ecchymose. On lui a annoncé qu'il n'y aurait pas d'autre enfant possible, un constat tombé de la bouche d'un étranger dans le service gynécologique de la maternité où je suis née, quatre mots jetés sans être vraiment désolés, et elle n'a plus été cette femme proche de la quarantaine, n'a plus été l'amoureuse d'Alexandre, elle n'était même plus celle qui avait eu une petite fille, ma mère redevenue une poignée de secondes une gosse qui se jette dans des bras qui vont tout arranger, tout réparer, n'importe lesquels, mais aucun n'a rien pu pour elle.

Après ma naissance la question s'était posée de me donner un frère ou une sœur. Juste le temps de se la poser ils y ont répondu. D'accord pour ne pas recommencer, ils ont le culte de l'unicité, je leur allais très bien ! Un second enfant, ils l'auraient fait uniquement pour contrer ma mort, une raison terrible, anticiper la perte de son enfant par excès d'amour malade et de cogitations. Avec un autre enfant il faudrait vivre, et ma mort ne serait pas que la mort. Leur raisonnement impossible, ils l'ont aussitôt mis de côté. Sans l'utérus tuméfié, auraient-ils finalement fait un enfant contre ma mort ? Certaines questions on ne les pose pas.

À sept ans, j'avais réclamé une *grande* sœur. Qu'est-ce que j'avais inventé là ! Enfant unique je les priais de me donner une chimère. Lui père unique veut croire à la sienne, d'illusion, et il m'invente.

Le prochain bébé sortira de Lise. La vie est méchante. Ma cousine a finalement grandi chez notre grand-mère, elle est poseuse de lauzes – ça lui va bien d'être poseuse. Elle en est déjà à sept toits, après un passage éclair derrière le guichet d'une banque à espérer un casse. Mamoune a tranché pour elle : « Faire couvreur c'est mieux que faire des recouvrements. » Lise a débuté avec le toit d'un buron rouvert pour les touristes, ces traînes d'ardoise entre ciel et terre marquent notre paysage. Sa dernière toiture était en tuiles vieilles, une maison dans le hameau retapée par un jeune couple, Lise a recommandé dans la seconde chambre de prévoir une lucarne pour y mettre le lit d'un petit dessous quand il viendra. Et pour cela mes parents lui pardonnent beaucoup. À commencer ce samedi juste après ses seize ans, elle n'a rien trouvé de mieux à faire que se fourrer dans leur lit, enfin en pensant surtout que c'était le lit de mon père. Elle s'y est glissée nue, pantelante, effrayante, cinq ans après son devoir de classe, le portrait de son instituteur qu'elle n'aura pas lu à voix haute. Lise a attendu que ma mère aille au marché, elle a filé dans leur chambre et mon père parti lui chercher un verre d'eau l'y a trouvée, obstinée, égarée et dans de beaux draps. Alors oui il l'a prise dans ses bras mais pour l'envelopper de sa tendresse, l'en a habillée pour qu'elle ait moins froid, il s'est écarté d'elle et ma cousine s'est apaisée, elle avait besoin d'être consolée de sa mère et de son père qui n'étaient pas là, de sa cousine qui ne le serait plus. Et au final elle se voit en femme consolation. La consolation de Just. Elle ne trompe personne pas même moi. Just n'a pas remis les pieds chez nous mais il est toujours dans la classe de mon père, il y termine sa formation d'instituteur, ils s'entendent bien, ils enseignent ensemble à des enfants assis derrière nos petits bureaux, des gamins qui pourraient presque avoir l'âge d'un que je n'aurai pas. Je ne sais pas si Just y pense, mon père le voit parfois s'arrêter devant nous, les deux gosses de la frise sous le préau. Le Just d'aujourd'hui est songeur face à notre peinture où on se tient la main comme on n'osait pas ; il nous regarde et il ne sait plus quoi faire des siennes. Il a fini par nous dépasser mais si je sortais du mur et les embrassais ses longs cils, ce serait un baiser de petite fille. Quand mon père va chez Mamoune et qu'il les trouve, Lise et Just enlacés, il en a le souffle coupé, il détourne vite les yeux, mais ils sont dans sa rétine et je suis obligée de voir leurs hanches soudées, ses bagues à elle à chaque doigt, ses cheveux toujours mi-longs à lui, elle les mange dès qu'il se penche sur son visage, et elle détourne la tête ; oh ! moi je ne bougerais pas, moi ! Que Lise aperçoive mon père et elle enfonce encore plus loin sa langue dans la bouche de mon amour. Je le pourrais, je reprocherais à mon père de ne pas me les cacher. La femme qu'est devenue Lise, l'homme que sera Just me font mal.

Les dimanches dans la cuisine de Mamoune continuent. Avec Just mais sans Entoubientou remisé à la Senioriale la plus proche. « Juste une dégueulasserie », a parfaitement résumé ma grand-mère. Elle continue de cuisiner pour son copain, lui apporte un plat chaque semaine et il sait qu'elle pense à lui. Il sait aussi qu'il n'en sortira pas de la dégueulasserie. Les dimanches dans sa cuisine Mamoune leur rabâche son Entoubientou, qu'il soit quand même avec eux. « Fallait voir les idées qu'il avait ! La fois où il est arrivé dans cette pièce avec un agneau. Vivant ! Le bestiau a filé au premier étage, j'avais laissé la fenêtre de ma chambre ouverte, et il a sauté de quatre mètres, les pieds dans mes salades. On n'a pas eu de verdure avec le méchoui ! » Elle n'aime pas la nouvelle obsession de l'heure d'Entoubientou, ses deux montres au même poignet, les bracelets en sont tellement serrés, ils lui font des marbrures violettes, il vérifie toutes les trois minutes que les montres fonctionnent, à croire que ce sont les aiguilles, pas lui, qui vont s'arrêter. « C'est long, c'est long. » Et juste après : « J'attends. J'attends. » Il n'a que ça à la bouche, il le sait que rien de bon n'arrivera mais il l'attend. Qu'est-ce qu'il pourrait faire d'autre ? Le moindre retard des infirmières lui est pénible, il s'agace, il taperait du pied s'il en avait mais on les lui a coupés à cause de la gangrène. Il n'a pas l'air de vouloir que ça s'arrête, la débâcle, alors... Quand il ne regarde pas ses montres, il a l'œil rivé sur le réveil et chaque minute est un clac ; lui s'inquiète seulement d'avoir des piles d'avance au cas où. Ma grand-mère se désole : « Il s'assoupit et il faut voir, il sursaute comme s'il avait manqué quelque chose. » Cet homme qui a pesé jusqu'à cent vingt kilos et en fait quarante n'est toujours pas rassasié de sa maison de zombies. Mamoune la féroce n'est jamais loin. « Deux tiers en moins de muscles, de nerfs… et de gentillesse. »

Mon père la voit marcher et il la voit tomber. Elle enveloppe dans des compresses de camphre ses doigts tordus par l'arthrite et évite de s'intéresser à elle. « On ne sait même pas le prix que ça a de ne pas penser à sa carcasse. Le jour où on commence à s'en méfier, c'est fichu. Ce n'est rien d'autre vieillir, apprendre à se méfier, parce qu'on le sait que si on tombe à un moment on ne se relèvera pas. » Et elle pouffe de rire. N'empêche, mes parents la voient sa grimace, un écœurement qui gonfle étouffant ce qu'elle ne dira surtout pas. Pour venir au cimetière elle attend qu'il pleuve. « Ça fait tout juste une baignoire, ça m'est moins dur d'aller la voir notre Clémence. Cette petite, elle serait toujours restée dans son bain. » Penser à Mamoune qui dort si peu et bientôt ne se réveillera pas ne rend personne vraiment triste. Même le sommeil ne veut plus d'elle. « T'es dans ton lit et ça dure, ça dure, et là le passé il déboule. Ce n'est pas facile les souvenirs. » Elle l'a gagnée sa mort. Avec sa vie. *Je voudrais que la nuit me prenne…* elle aussi.

Mon père a ressorti il y a quelques jours la chaise longue restée des étés derrière l'armoire ; on s'y asseyait à tour de rôle, elle porte encore l'empreinte de nos trois sueurs, auréoles distinctes et confondues. Elle est là aussi la trace de mon petit corps, au centre d'eux encore. Les nuits de lune il se relève parfois juste pour regarder les grands arbres, leur ombre portée sur notre terrasse, leur beauté dévorante à même le sol semblable aux forêts des contes d'enfant. Mes parents hier ont recommencé à faire l'amour. Ils ont eu leur deuxième première fois, il a failli rebrousser chemin devant la bouche d'ombre. Il était devant le sexe offert de ma mère et il n'y voyait qu'une opacité de plus, voilà ce que sa tête lui soufflait, comment ne pas être malhabile, mécanique ? Une lune avancée et fauve lui livra le corps de sa femme, épaules et visage basculés dans le vide l'appelant de tellement loin. Il en a convoqué une autre qu'il connaît bien, l'a pourvue de quelques hommes comme ils aimaient se le raconter et il s'est engouffré sans savoir s'il soulèverait un filet vide ou s'il y arriverait à braconner le plaisir. Ce qui était recroquevillé en eux, éteint, a dicté à deux corps son va-et-vient, et la peau de ma mère a retrouvé son parfum de foin fauché après une averse chaude, leur bouche n'a plus eu seulement l'haleine de ma mort. Elle a fini par relever son visage et tout son buste est venu s'appuyer à un homme, il me faisait tourner dans une écume et j'étais la plus légère. Ils ne sont plus ce bateau sur cales qu'on a posé à quelques mètres devant la mer ; elle est là qui ne le quitte pas, hors de portée, et ce qui est infranchissable le démolit ; condamné à regarder ce qui ne le soulève plus, rongé par les embruns sans pouvoir prétendre au large, il a échoué mais il ne sombrera pas.

Seize ans qu'elle dure la fin de l'histoire. Demain ce sera encore une fois mon anniversaire que j'attendais tellement et qu'ils redoutent. Ils sont fatigués du qui-vive, voudraient me distancer, ma mère le dit à voix haute, mon père à voix basse, la mienne. Je suis le fantôme d'une tendre enfant qui aura vingt-quatre ans dans quelques heures. Je suis assez grande, non, pour quitter la maison ?

Mes huit ans. J'en commençais le décompte des semaines avant, mon père n'a rien fait d'autre tous ces jours. Se souvenir c'est vivre encore. Ce matin de mes huit ans je me réveille et je réclame : « Un baiser pour toute la vie, d'accord, papa ? » Je m'agrippe au point de l'obliger à s'extraire d'un câlin devenu presque pénible. Ce ne serait pas mon anniversaire, il râlerait. Comme il y resterait maintenant dans ce baiser, aimerait ne pas en bouger. Aujourd'hui ma mère ne fera pas de bouquet d'anniversaire ; elle en mettait un à mon chevet pendant que je dormais et à peine les yeux ouverts la journée était un cadeau. Elle a continué avec son obsession de faire des bouquets, cette fois en les laissant devant la porte de ma chambre jusqu'à ce que l'eau du vase empeste. Est-ce d'avoir été cueillie par un désir encore, d'entendre dans un lointain écho combien Alexandre l'aimait. « Regarde les fleurs que tu as coupées, comme elles se sont ouvertes, elles lèvent la tête, elles aussi veulent te regarder. »

Ma mère a décidé que non, aujourd'hui elle ne se penchera pas sur la terre sécateur à la main pour donner des couleurs au malheur, et ce qui serait si triste n'entrera pas chez nous. À moins d'être teinté d'une joie ancienne.

Avant de prendre la route pour La Barbarie, c'était régalade de crêpes et limonade dès le réveil ! J'avais le droit de ne pas me laver les dents, j'enfilais d'emblée mon maillot de bain et en apprenant que j'allais avoir un deux-pièces pour mes huit ans, je m'étais étonnée de devoir nager avec des sous ! Mes parents n'ont pas su si leur fille avait un humour digne de sa mère ou si c'était un reste d'enfance. La veille, entendant ma mère râler de ne plus trouver le *Requiem* de Fauré encore une fois mal rangé – suivez mon regard – j'avais détourné mon père de sa mauvaise humeur. « Ça alors, on fait une musique de mort exprès pour les arbres ?! » Il leur avait fallu quelques secondes... ben oui *le requiem de... forêts* et cette messe des morts aura été un de nos derniers éclats de rire.

Une ultime crêpe pour la route, je m'installe derrière le siège de maman et en avant pour La Barbarie. On ne dirait pas que l'on va faire des heures de voiture, il faut voir comme on est élégants, moi dans mon nouveau deux-pièces, une chemise blanche pour papa, et maman qui termine de se maquiller entre deux virages, pour que sa bouche et ses yeux aillent avec ses bijoux, elle a un décolleté à avoir un accident, un décolleté mortel, souligne papa. Il lui répète beaucoup qu'elle est sa jolie belle, et franchement c'est vrai. Maman toute folle qui n'attachera pas sa ceinture, s'assoit dessus, et qui même dans l'habitacle d'une voiture bouge comme une Apache et comme une biche et une comète. Elle est notre fantaisie bondissante. Elle se retourne. Est-ce que je m'en souviendrai de mon anniversaire ? Oh oui, et je le clame : « Jusqu'à ma mort. » Ce sont des phrases qui reviennent et elles vous lancent.

On vient de passer devant la maison de Just, je lui souffle un baiser, le regard de papa dans le rétroviseur croise le mien, je suis une grande amoureuse, c'est notre secret.

Même jour, même direction, même route, même voiture qui n'a guère roulé depuis. Ils n'ont pas eu besoin de se dire où ils allaient, ils roulent, le coffre vide, sans short kaki ou pull marin, sans fard sur les lèvres de ma mère ni bijoux, elle n'a pas fait de crêpes ce matin. Ils sont comme la terre après la sécheresse, incapable de boire la pluie quand elle tombe enfin, le sol ne peut l'absorber, la refuse, mais si l'averse ne s'arrête pas, si elle tombe, et tombe, et tombe, la terre finira par l'accepter, la retenir ; si leur amour les abreuve sans finir, il bouleversera beaucoup encore. Dans l'air il n'y avait plus que des minuscules billes de mercure roulant affolées dans tous les sens, une immensité condamnée ; les milliers de billes sont en train de se recoller et un homme s'y agrège qui va finalement réaliser mon vœu... La chair sous sa paume, la robe relevée de ma mère et ses pieds nus sur le tableau de bord lui soufflent les vers du jeune poète. *L'étoile a pleuré rose au cœur de tes oreilles, l'infini roulé blanc de ta nuque à tes reins, la mer a perlé rousse...* Elle les lui a lus il y a vingt-quatre ans, la première aube, et ils sont la mer dans des draps froissés, autant de vagues venues s'échouer contre leurs corps. Quelque temps après, elle lui faisait cette surprise de l'emmener où nous allons, le paysage qui défile il peut tout nous dire et elle chante ma mère, elle chante pour elle, pour Alexandre et Rosalie Sauvage. Et leur Clémence.

Que serais-je sans toi qui vins à ma rencontre
Que serais-je sans toi qu'un cœur au bois dormant
Que cette heure arrêtée au cadran de la montre
Que serais-je sans toi que ce balbutiement

Sa voix ne flanche pas, elle s'appuie sur Aragon, à celle de Ferrat, elle chante fort, elle a besoin de précéder les mots pour mieux les découvrir, qu'ils entrent en elle encore plus. Encore plus ! C'est tout elle, c'était nous.

J'ai tout appris de toi sur les choses humaines
Et j'ai vu désormais le monde à ta façon...

Le monde à sa façon... mon père, il m'apprend tout de moi.

Comme on lit dans le ciel les étoiles lointaines...

Dans le ciel il y a embouteillage de vœux, les miens y sont encore. Je lui avais bien dit que les vœux ne marchaient pas.

— De toute façon j'arrête d'en faire papa, ils ne se réalisent jamais. Les tiens oui ?

— Tu vas en choisir un seul grande fille, et tu regardes les étoiles et tu le refais, qu'il n'y en ait que pour lui, d'accord ? Ça peut prendre des années mais un jour il va se réaliser.

— Il faut toute la vie alors.

Toute la vie n'est pas assez.
Il ne vit que par ma mort, et il ne le peut plus.

Qui parle de bonheur a souvent les yeux tristes...

Ce n'est plus une chanson. Je dois lui faire confiance, leur faire confiance à tous les deux, et ils accélèrent.
Cette femme à son côté il veut l'emmener bien au-delà de leur destination. Il ne regarde pas que la route, il la voit elle, la multitude de pliures qu'est devenu son cou, sa chemise avec le bouton qu'il fallait toujours ouvrir ne les écrase plus, ses seins. Il continue de rouler mais il s'est arrêté sur le seuil de la nuit, au bord d'une falaise et du buste de ma mère, sa rousseur opalescente sent La Barbarie, son odeur de jasmin. Il pose une main sur la cuisse de sa femme, accélère encore, ils sont proches du vide, si proche. *Je voudrais que la nuit me prenne.* Ma mère ouvre son carreau et elle attrape le vent. Une paix déboule, et la voiture se redresse. On en a fait des concours, main tendue sur des kilomètres, les doigts repoussés par la vitesse, on empoignait l'air comme on empoigne sa vie, qu'elle ne vous file pas entre les doigts, voilà ce qu'elle m'apprenait, ma mère sur la route des vacances. Elle gagnait à tous les coups.

« C'est encore loin ? On a fait une heure ? Plus ? »
À peine partis, je réclamais déjà d'être arrivée. J'aurais
voulu réduire les six heures de trajet aussi sûrement
qu'un Jivaro la tête de son ennemi ! Les premiers kilomètres n'étaient que des : « On arrive quand ? Il reste
longtemps ? » De quoi épuiser la patience de tous les
parents du monde, ils n'attendaient qu'une chose, que je
m'endorme, avaler les kilomètres et viendrait l'annonce
triomphante : « On est presque arrivés. » Il se retient
de ne pas regarder dans le rétroviseur, à un moment il
m'y trouvait endormie la tête dans le vide, ma mère se
retournait, avec précaution elle me faisait basculer sur
la banquette, et ce qui était inconfortable disparaissait,
elle essuyait de son doigt un reste de sucre des crêpes,
elle me goûtait, et pour que ce soit vrai elle murmurait :
« Elle dort. » Alors elle inclinait la tête jusqu'à toucher
l'épaule de mon père, comme elle vient de le faire et
ils sont deux qui vont à ma rencontre.

Lidl, La Foir'Fouille, Délices asiatiques, Body
Sculptor, Fiat, Peugeot, Le Spécialiste du Bonheur...
Les abords des villes sont leur blessure, et la profon-
deur dans les lointains disparaît. Ils ont contourné
Marseille, pas sa pollution. La mer est là mais cette
fois la voiture n'a pas ralenti pour la saluer, il n'y a
pas eu de retrouvailles. C'était convenu entre nous :
ils ne me laisseraient pas manquer l'instant où elle
apparaîtrait. Aujourd'hui mon père est loin du bleu, la
route défile son ruban noir et une frise sur un mur, nos
dessins de géants sous le préau de l'école. Le rouge
de ma robe et de ma bouche s'est estompé, pas mon
sourire, et ma main n'a cessé de tenir celle de Just,

la main de Lise aussi. J'avais terminé ma peinture et nettoyé mon pinceau mais au dernier moment je l'ai replongé dans le blanc, il manquait quelque chose, une bague, un cadeau que je me suis fait et n'ai porté qu'en peinture. Une bague de femme, avec une pierre si limpide, elle laisserait passer les couleurs. Je n'écoute pas mon instituteur qui me demande de revenir en classe, et je recopierai cinquante fois « Je dois obéir quand on me demande de rejoindre ma place ». Ma place c'est d'être avec Just, la bague au doigt. Mon père a fini par venir me chercher, il ne dit plus rien, finalement c'est lui qui rentrera le dernier dans la classe.

Je n'ai pas bu la tasse, j'ai bu la mer. Et j'ai soif, si soif. Mes parents étaient pleins d'une joie de cette journée pour leur enfant, il leur en est resté une culpabilité indélébile. Inflexible.

Mon père m'a vue à contre-jour à croupetons, accaparée par un coquillage, ou un crabe. D'où il était il ne pouvait distinguer mon échine salée, ma peau encore plus enfant là où la poudre de sel révèle d'infimes poils blonds alors que l'on croit qu'il n'y en a pas encore ; il aimait sur la plage marcher derrière moi, surprendre au bas de ma nuque la jeune fille que je serais, qu'il découvrait. Il a hésité à se détacher de ma mère, à faire une photo de mon dos arrondi, en fixer les vertèbres saillantes. Il aurait fallu se lever, il y aurait d'autres fois. La minute suivante la mer est là sous moi, ils sont comme un rocher au loin, si je les vois, eux aussi me voient, non ? J'ai bien le droit alors. J'ai voulu les épater, je n'ai pas voulu désobéir. Est-ce le nouveau maillot, ma nouvelle agilité dès notre arrivée à escalader les dos des dinosaures de pierre tombés de la falaise sur le rivage ? Je regarde encore, s'ils me regardent ce sera moins grave d'être où je n'ai pas le droit d'être. Peut-être alors s'ils me rappelaient vers eux je les rejoindrais. On ne s'éloigne pas de ses parents sans avoir besoin qu'ils soient là encore. Je le vois, lui, bras levé, faisant de grands signes, mais j'ai changé d'avis, à être disputée autant aller au bout. Il n'a pas dû se rendre compte que je l'avais vu puisque je n'ai pas répondu.

Après on irait nager tous les trois, le soleil aurait cessé de nous éblouir, la mer l'aura bu, elle ne sera qu'éclats, et nos bras, nos jambes écarteront une lave d'argent, une lave fraîche, qui ne fait même pas mal.

Tout à l'heure il se garera devant la mer, il éteindra le moteur, se déchaussera dans la voiture et on retrouvera le contact de nos pieds nus sur le sable, eux aussi nous disaient qu'on était arrivés. On y est.

Ils marcheront sans se toucher, sans se regarder, sans risquer un visage en crue. Ils seront les mêmes, le soleil et la mer, un peu de travers, un peu à l'envers mais quand même. Ils étendront l'immuable serviette pour deux, auront des grains de sable dans les cheveux, ma mère mettra sa main en visière pour essayer de voir derrière la mer, mon père ce sera derrière elle qu'il essaiera de voir, assez longtemps pour qu'elle oublie qu'il la regarde. Il y a cette chose qu'il a d'être bouleversé de l'aimer. Ils souffriront et bien sûr cela ne passera pas, ils ne feront pas avec, ils seront avec. À un moment il s'approchera de la mer, il ira où je n'ai pas pied, dans son poing il aura mon cadeau et mon vœu, le bijou de grande qu'ils s'apprêtaient à m'offrir, une bague, une vraie, avec une pierre si pure, elle aurait oui attrapé toute la lumière. Il donnera à la Méditerranée ce qu'elle ne possède pas encore : un edelweiss. Monté sur un anneau de la taille de mon doigt au moment où je peignais la frise. *Rien ne nous séparera*, les mots de leur rencontre à Alexandre et Rosalie Sauvage, les premiers qu'ils se sont murmurés, et j'étais là quelque part déjà. Il faut que je leur dise quelle vie merveilleuse a été la mienne. Que je lui dise adieu à mon père. Ce n'est pas facile… je… « Adieu, grande fille. » Alors c'est vrai, tu m'entends papa ?

Il n'y a que la vie.

*Pour Pascaline, pour nos parents Gilles et Gisèle.
À Éric. Il est toutes les aubes.*

*Cet ouvrage a été composé et mis en page
par Nord Compo à Villeneuve-d'Ascq*

Imprimé en France par CPI
en mai 2020
N° d'impression : 2051182

Suite du premier tirage : mai 2020
S29032/05